叶辛中篇小说选

典 藏 版

悠悠落月坪

—— 叶 辛 著 ——

中国出版集团 东方出版中心

悠悠落月坪

第 一 章

1

怎能想象一件事会把整个寨子搅翻了天。

落月坪村寨上,自从土地下户以后,是愈加地显得安宁沉寂了。

早先那些日子,寨上的人伙着集体干活路的时候,一天中总还有些热闹的时辰。拖到太阳升起老高,当队长的郭世贤厚实的嗓门吼起来:"走啰,收庙脚大土的包谷去!"

有人长声幺幺地应着:"走啊,走啊,队长喊了。"

于是乎，男男女女参加干集体活路的劳动力，呼群结伴地，嘻哈打闹地，懒懒散散有时兴高采烈地边摆龙门阵，边到田土里去干活路。村寨上总有那么一阵子的嘈杂喧哗。

如今即使这样的一点喧嚷，都消失了。各家归各家干活路，就是责任田土上那点儿事，有愿意起早干的，有愿意趁着黄昏那阵干的，也有愿意临到节气，集中那么三五天从早至晚干的，哪个也不来管你的闲事。大白天光下，除了偶尔响起的婆娘呼唤娃崽的声气，便是难得的狗吠、鸡啼。更多的时间却是沉浸在一股宁静平和的气氛里，让人的耳朵都闲得难耐。天黑下来了，既然守着屋头要点油灯，费去赶场排队买回的煤油，还不如早点歇下。于是乎夜就显得格外的深长。

日子就这样一天一天过下去，过得人抬起眼皮瞅天色的时候，目光也是朦胧的，漠然而冷寂。

事情恰是在这时节来的。

正是秋末有阳光的日子，落月坪寨子上，倒是有话讲了。堰塘边，水井旁，院坝里，团团如圆盖般张开的沙塘树脚，聚得起婆娘媳妇的地方，都有人在咬耳朵，在窃窃私议。村寨仍是一如既往的闲静安寂，一个惊人的消息却在寨子里传遍了。传来传去，传得满寨男女都生出疑惑来，不知这是咋个回事。

结婚四年不曾生育的婆娘陈碧华，终于生下了一个儿，替杨光宗争了脸。不料这个杨光宗，陈碧华连续四年不怀孕，他不同婆娘离婚，婆娘把儿子替他生下来了，他却从外头裹挟回一个细皮嫩肉的女人，拍桌子打板凳要同陈碧华离婚。稀奇的是往常满有主见的陈碧华，盼星星盼月亮般盼丈夫回家来瞅一眼宝贝儿子，盼得个这样的结局，她却既不同杨光宗哭嚎吵闹，又不同杨光宗撕扯耍泼，而是默默地忍受着。

她咋个忍受得住？白天要替杨光宗和那小婊子煮饭炒菜，夜里隔着一层墙壁听男人和那外来女子的戏文，不把人气疯，也要把人气得吐血。她却无事人一般，照常去园子里掐菜，照常到堰塘边洗涮，背上始终不忘背着她那儿子。

落月坪寨上的人算是开了眼啦。

原先当队长的郭世贤一提这事破口就骂："就算杨光宗在外头赚足了钱，也不该把屎屙到人头上来啊！这叫啥，狗日的这是败坏门风，落月坪的风气非让这龟儿子带坏了。"

2

崔玉昆守空房，可是守怕了。男人李志荣进城去打工，有两年了不曾回寨子。她替李家生下个姑娘都三岁了，三岁的小羊羊连她爹的模样都记不清了，只怕李志荣回来，她都不会喊她。

崔玉昆想男人想得心慌，日子久了，有男人

走进她家院坝,她的心跳得都不自然。她家的三间泥墙茅屋挨着去三岔口那条道,有时一个路人进院坝来讨口水喝,坐在板凳上歇口气,放开嗓门赞几声水甜,她瞅着男人壮实的脖颈和宽阔的胸膛,脸上会发烫,心子也作怪般痒痒地直跳。

她记着李志荣的温情,记着李志荣给过她的体贴和欢乐。白天的活路稍清闲一些,到了晚上躺在床上,她会连夜连夜相思好久。李志荣为啥不回家来呢?她记得他离去时说的,到了城头,攒够了盖房子的钱,他就回来。城市很远,来回一趟要花好多车钱,光去一趟,满满一背篼鸡蛋还不够买张车票呢。只怕城市的钱也不好攒呢,攒够盖砖瓦房的几千,那得等到哪年哪月去。

陈碧华的厄运像阴影似地罩住了她,她怕李志荣回家来的时候,也带回一个年轻姑娘,和她吵着要离婚。她怕李志荣进了城,也像杨光宗一样变心。人是会变的呀,杨光宗在落月坪寨上的时候,是个多么勤勉踏实的庄稼汉子!崔玉昆记得,当寨邻乡亲们故意同杨光宗闹,说他结婚几年都生不下个娃崽,喂只母鸡,不到一年都会下蛋哩。杨光宗脸气得红红的,臊得恨不能地上扒个洞躲进去。但从没见他回家同陈碧华发过脾气,咒骂、埋怨过什么。杨光宗和陈碧华是在九月重阳结的婚,算起来崔玉昆嫁给落月坪的李志荣,还比他们晚三个月,崔玉昆是腊月间来的。而当崔玉昆生下小羊羊,重新扛着锄头上坡干活时,陈碧华的肚皮仍是瘪瘪的,一点也没显山显水的迹象。那时他两口子还有说有笑一同上坡呢,才多久啊,杨光宗进城揽工做的时间还没李志荣长,就又找了一个!

崔玉昆睡不着了,思来想去,决定去找杨光宗问一问。他们都在城市打工,杨光宗说不准会晓得李志荣的一点情况。李志荣早杨光宗进城,杨光宗拿定主意要去城市时,他两口子还来

6

问过崔玉昆李志荣在城市的落脚处,说万一有个难处好去找他。

走近杨家院门口,看着他家那幢像模像样的砖木结构的房子,崔玉昆不由生出几分感叹,李志荣去城市,为的是攒够盖砖瓦房的钱,杨光宗去,又是为个啥呢?他家里有房子,住得宽敞不说,门前的石砌院坝、屋后的园子,都是让人羡慕不尽的。有吃有穿,要零花钱去赶场卖脱点点鸡蛋、洋芋或是辣椒,日子是会过得很平顺安宁的。

怕贸然走进去讨个没趣,崔玉昆进了青岗石砌的院坝,就站停下来喊:"碧华,光宗兄弟在屋头吗?"

门"吱呀"一声响,先探出一张烫着头发的脸,崔玉昆还见她穿了一件红毛衣,她朝崔玉昆瞪了两眼,啐了一口瓜子壳,又把脑壳缩回去了。崔玉昆想这女人准是杨光宗带回家来的那个了,她正要再喊,杨光宗的脑壳从支起的窗户上冒了出来：

"哎呀，是玉昆啊！陈碧华上坡栽菜籽去了，你找我么？"

崔玉昆晓得他是不想邀人进屋头坐了，堆起笑道：

"光宗兄弟，我是想向你打听一下，小羊羊她爹……"

"哦，你是问志荣啊，他干得好好的，人白了，也胖了，管着一个机关食堂的伙食呢。"

"他说没说哪个时候回家呀？"

"这个……我就不大清楚了，我同他两三个月前见的面。"

"那他……"崔玉昆找不到话问了，她皱皱眉头，"小羊羊想他呢，也不晓得他回不回来。"

"回总是要回来的吧，"杨光宗的脑壳缩回去了，"故土难离啊！"

崔玉昆没趣地孤零零站在院坝里，不知为啥却想落泪了。

无精打采从杨家院坝回屋头去的路上,她碰见了今年开春结婚的于万臣和温小琼两口子。温小琼喜盈盈地同她打招呼,她懒神无气答了一句,随口问他们去哪里,温小琼说去找杨光宗,打听进城市揽工做的事。

崔玉昆朝她笑吟吟的脸庞凝神瞅了一眼,私下暗忖着,又是一个,她又想让男人到城市里找大钱了。真是活见了鬼!她咋不看看陈碧华和我的情形?即使不像陈碧华那样遭祸事,那孤凄的空房,是好守的吗?

3

是陈碧华的厄运使温小琼起心的。她嫁给了落月坪的于万臣,心里头却还恋着原先的另外一个人。

温小琼不像陈碧华和崔玉昆,是从老远的地方嫁过来的,她的娘家就在挨着落月坪的金鸡塘。温老爹的酒量大,人都说他是金鸡塘的一条汉子,谁都想不透他同于万臣的哥于万功这么个憨厚老实的汉子怎么结成生死之交的。两个寨子的人想得起来的,只是他俩曾一起出外去修过铁路,打过隧道。温小琼和于万臣的亲事,基于这么一层关系,如同铁板上钉钉,定死就变不了啦。可惜的是,嫁了人,冥冥之中温小琼总会想起一扇嵌着玻璃的又高又小的窗户,映在窗户里的,是几株挺直粗实的梓木树,是梓木树绿得像染了层油般的树叶,是树叶子在阳光里闪烁的斑斑点点使她感觉到的眩晕和陶醉。那都是她和另外一个人心痴情迷中常见的情景。

前不久,那个人告诉她:"爹妈要替我说亲了。"

"说的是哪个?"温小琼一惊。

"不晓得。"

这像是一句实话。在大山环抱的旮旯里,即便是到了今天,儿女们的婚姻多半仍然操在

10

父母手上,要不,小琼咋会嫁给于万臣呢? 和这个人比,小琼还是幸运的,她多少在婚前还见过于万臣几眼,打听得到他家的一点事情。有好些姑娘小伙,婚前硬是懵里懵懂,啥都不晓得哩。

那个人的话让温小琼犯了愁。她靠啥拴住他的心,让他巴心巴意地待自己呢? 难道眼睁睁瞅着他同另一个姑娘结亲,让这个知暖知疼的男人走得远远的? 替杨光宗生下一个娃儿反而闹离婚风波的传言让小琼起了心。不是么? 杨光宗进了城市,会让年轻姑娘迷住,于万臣到城里去,能躲得了这一关? 即便这个木瓜脑壳不招女人喜欢,清心寡欲的他熬得住? 他若像杨光宗一样裹上了城市女人,回家来和她清手续,不正遂了她的意! 那个人从说亲,双方同意,然后由男方逢年过节背着、挑着礼物上女家,一整个过程得两三年哩。这段时间里,莫非她还逮不住他? 她约他悄悄地来,有哪个会晓得？于万臣的爹妈死得早，他是大哥一手拉扯大的，和温小琼结了婚，大哥大嫂就让他们小两口单门独户过日子，在挨近水溪边的蒿竹林旁盖起一小幢青砖绿瓦房。离大哥大嫂家远不说，这块地势还清静，没啥离得很近的寨邻乡亲。天黑以后，金鸡塘的那个相好钻进蒿竹林趸了来，鬼都不会晓得。若说于万臣迂，于万臣木讷，那么他的大哥就更憨厚更老实，他哪会来管早已分家出去过的弟媳的闲事！

有了这主意，温小琼愈想愈亢奋，愈想愈觉得非这么办不可。要不她会给憋死的。没费啥口舌，她就把于万臣说服了，她说这年头满寨的男子汉壮劳力，都在想着到城市赚钱回来奔好日子，她说屋头责任田土上那点点活路，她一个人完全顶得下来，即使遇上个天干水涝，要戽水要排涝，她去金鸡塘娘家喊一声，要几个帮手就会来几个，不消担心事。大男子壮劳力一年到头缩在这山沟沟里，那才叫是没出息哩。

于万臣不吭气不答言光是听她讲，等她全讲完了他淡淡说一句："杨光宗不是回寨来了嘛？去问问，看城市的钱好不好赚。"

温小琼拉起他就走。

杨光宗把城市吹得天花乱坠，什么狮子桥头的劳务市场，什么拿蛋换米从中赚钱的伎俩，什么各个机关各个单位需要雇用的水管工、电工、木匠还有专门卸煤的临时工，什么建筑包工头器重的泥瓦匠、钢筋工，什么城市里偷生的自然村，还有小街小巷子里头看不够的录像，电影院、剧场、舞厅门前专门陪客、伴舞的女郎……总而言之一句话，城市里头的钱好赚，只要你会钻肯下力气；城市里头有乡间不可比拟的好玩好要的场所，就看你能不能弄到钱享受。

杨光宗那张嘴，没把于万臣的心说动，倒先把温小琼讲得想去见识见识了。若不是她的心头有个人，她愿意随于万臣一路去。听他讲完了，温小琼直用眼睛瞅于万臣，于万臣似觉察到了,木讷地吐出一句:"这么说,去得。"

"去得去得。"杨光宗一拍胸脯,"万臣,不是我恭维你,有你这壮实的身板进城下劳力,一天拾块钱,稳拿!"

温小琼兴奋得眉飞色舞,手指直捅于万臣,"一个月就是三百啊!"

于万臣离座起身告辞时,主意拿定了:"要走,我也得跟大哥大嫂说一声。"

温小琼想抢白他几句,有啥可说的,我愿意就成了。转念一想,也不能显得太急迫,好像是当婆娘的在逼着男人走。

两口子回到蒿竹林旁的青砖绿瓦房里时,一阵喜庆欢快的唢呐声隔着溪流从对岸落月坪的绿荫中传出来。

这声气顿时提醒了温小琼,寨子上今天有红喜,离这不远的金鸡塘,说不定也有好些人要来喝喜酒。有到落月坪来贺喜的好事儿,那个人是不会不来的。她也得去,去凑个热闹,遇到了他,找个机会把于万臣要出门的好事儿告诉他,让他耐心等着她捎去的口讯。

这么忖度着温小琼不知不觉放快了脚步。唢呐吹得激越而又欢快,这是人们熟悉的迎亲调儿,中间夹杂着大人小孩们"嗬唷""嗬唷"的呼叫嬉耍声,更显得活泼泼的,鞭炮响过一串又响一串。

婚礼进入高潮了。

温小琼没找着她想见的那个人,脸上显出一点迟滞的表情。她绕着人头攒动的院坝慢慢寻找着,陡地听见从挨邻的院坝里,传出声声凄厉悲切的痛哭。欢庆的唢呐声气虽响,也盖不住那令人心惊的哭泣。院坝里四乡八寨赶来吃婚宴的客人回过头来了,接亲成家的刘松青家人脸上,露出了点尴尬窘迫的神情。

温小琼听明白了,这是和刘家贴邻的姑娘邵燕慧在放声大哭。哦,燕慧姑娘原先和刘松青同过学,邵燕慧和刘松青曾经是落月坪寨上仅有的两个初中生,就连生活在金鸡塘的温小琼都多次看到过,在从落月坪、金鸡塘到区政府区中学所在的那条麻栗街去的路上,刘松青和邵燕慧时常有说有笑地结伴而行。邵燕慧的人模样都长得像读书人,瘦筋筋的,光是抽条条长个子,就是不长肉,一派弱不禁风的样。她不曾在书上读了条路来,初中毕业后连高中都没考上。刘松青比她多读了三年书,同样没考进大学,灰溜溜回到落月坪,出外去打工赚钱。是该去外头混出个人样子来啊,家里穷,供他读书到高中,很不容易,能就这样稀里糊涂扛起锄头当个农民吗?再说这荒寂得山穷水冷的地方,能干出个什么名堂来?除了田坝坡土、树林荆棘灌木丛,便是那满山满坡的石头。这地方的石头还怪得稀奇,比其他地方的更硬更重,犁田犁土薅包谷时一不小心碰上了,犁铧锄头都要被咬个大缺口,农民们遇上这倒霉事,总要愤愤地捡起石头,把它扔得很远很远,嘴里还要骂几声"背时"。背时的石头还有个好听的名字,叫五彩石。其实就是有点花,有点黄不黄、红不红、棕不棕、褐不褐的颜色。上了年纪的人实在些,称它是水石,像含了水似的重一些。难道守着这样的穷窝子能过上好日子?

刘松青出外打工,风言风语有人传他赚了一大笔钱,回家翻盖了房子,又娶个皮肤细嫩白净的姑娘。在乡间,这样的汉子算得上是能人了。

可邵燕慧在刘松青举行婚礼时的哀嚎痛哭,不会是无缘无故的吧?也许她偷偷一往情深地单恋着刘松青,刘松青并不知晓;也许他俩早先有过那么点点意思,后来刘松青变卦了;也许……

温小琼久寻不见自己想找的那个人,更没情绪去揣测别人的事了。

第 二 章

1

离得远，从刘松青家院坝里传过来的唢呐声、嬉耍嘈杂的喧哗声，听来已不很分明了。

杨光宗这个挨千刀的，当着落月坪满寨人的面，竟然拉起从城里拐来的小妖婆，到刘家院坝去喝结婚酒了。

陈碧华浑身只感到烧灼般的烦躁，这个龟儿子喝足了酒，就要胡言乱语，就要讲出他闹离婚的缘由。大家听了去，陈碧华还有啥脸面在落月坪待？

娃儿睡着了，陈碧华让他躺在铺上。要是在杨光宗回来之前，这会儿她早歪在娃儿的身边，带着母性的骄傲和满足，端详着娃娃的脸貌，渐渐入梦了。可自从杨光宗和城市来的女人进了门，陈碧华心头一整个世界全搅乱了。

她委屈、恼恨，她也失悔。

结婚三年不生个崽，她在落月坪寨上，咋个活得出来？那些比她晚成亲的婆娘，挺着大肚子朝她投来的蔑视的目光；那些多嘴多舌，吃了饭就把议论东家长西家短当成职业的婆娘，朝她斜眼角撇嘴唇的模样；那些在她面前一讲自家儿女就故意提高的嗓门，都像是针是刀在无形中刺着剜着她的心窝。她在寨子上抬不起头来低人三分，她也明显地感觉到杨光宗的淡漠和冷落。盖得让人羡慕的砖瓦房、石板铺砌的院坝里，一点也没有小家庭的欢乐和睦。这样子打发日子，人是要被憋死的。

陈碧华不是个愚笨的婆娘。她在乡间读完了高小，不但能写自己名字，还能算。她有自己的思考，婚后三年不孕，她怀疑自己也怀疑男人。瞒着杨光宗。她偷偷去区卫生院把自己的烦恼给一个上了年纪的女大夫说过，那妇科大夫给她检查了，说她没病。喊她让丈夫也去查一下。

谁料想陈碧华刚刚透了一点意思,杨光宗就暴跳如雷,对她又掐又捶还狠狠扇了几耳光,他指着陈碧华的鼻子骂,说她是个贱妇是个无用的骚母鸡,光会风骚不会下蛋,还想把责任赖到他头上。他说根本不消医生查,就是她不会兜瓜儿。他让她想想,他哪回不行了?让杨光宗这一吵一闹、一骂一打,陈碧华也给闹糊涂了,这类事毕竟是家丑,传到寨子上要让人耻笑一辈子的。万一杨光宗查下来也没病,那又怪谁去?思来想去陈碧华只有苦恼地沉默下来,而对那种事更是恹恹地应付着。她在心头已拿定了主意,熬到农活轻闲下来,她得回娘家一趟,她记得娘家亲戚中有个人在县医院工作,她得去找那个亲戚,替她再好好查一查。

记得那是一个太阳出得很大的初秋天,已经说定了的,她要回娘家一趟。杨光宗早答应了,只因为太阳出得大,陈碧华才磨蹭着没有马上赶路。她想等太阳偏西,近黄昏时分上路。

三十多里山路,鼓一鼓劲天擦黑时就能走拢。里外收拾得差不多了,陈碧华就在里屋换上一身出客的服饰,盘算着头发上是打一个髻呢,还是简简单单梳一根大独辫子? 陈碧华是个健朗壮实的少妇,个头比乡间的姑娘媳妇们高出半个脑壳不说,肩膀也宽宽的,衬托着她一张明朗红润的脸庞,一对大大的黑白分明的眼睛。落月坪这地方,女子的脸盘都瘦削,显小一点,四乡八寨的姑娘都以小家碧玉型的瓜子脸自豪。陈碧华和她们全然不一样,她的脸庞大而白皙,清净匀称,别有一番情致。人们都说,她那脸貌,梳独辫子和盘髻都好看。想到要赶三十几里路,会出汗,对着镜子端详了一阵,陈碧华还是决定把又黑又长的头发盘起来,正偏转脑壳插着发夹,杨光宗带回一个跑生意的客人来,高声招呼着陈碧华多蒸一点饭,炒几个菜再回娘家。陈碧华答应着,到坛子里去摸鸡蛋时朝着客人坐的堂屋里瞅了一眼。笑眯眯坐在板凳上的,是杨光宗结交的朋友,陈碧华记得他叫曹云春,是个脚头跑得很勤快的生意客。她在灶屋里打鸡蛋、切腊肉的时候,隔层墙壁听着杨光宗在邀约曹云春住下来。杨光宗说,陈碧华要回娘家,他呢,要到摸云岭看包谷守夜,屋头正少一个看家的人。曹云春没答应住下,也没说要走,只呵呵笑着说:

"你不怕我把贵重东西带起走?"

"你兄弟,说啥子笑话,我这穷家小屋,你看中了啥子,尽管拿。"杨光宗对朋友十分坦诚。

"唷,这么漂亮的砖瓦房,前头是院坝,后面是菜园,你光宗兄弟还有啥不满足的?"曹云春说着,忽然放低了嗓门道,"婆娘又是那么漂亮得晃人……嘻嘻!"

"嗨,漂亮,光脸庞漂亮管个啥用!"杨光宗不无烦恼地叹息了一声。

陈碧华切着腊肉的刀停下了,曹云春的声气虽然压得低低的,但他同光宗之间的对话,她还是一字不漏地听清了。听到曹云春夸她漂亮，她无声地抿嘴一笑；听到杨光宗当着客人的面抖落家丑，她又一肚皮的不悦。手中的刀切腊肉，力也下得重了，笃笃的声音像在表示她的气恼。

这个曹云春去年冬月间来过落月坪，那晚他也投宿在杨光宗家。寨上来了一帮青年男女，听这逛码头跑四方的生意人讲外面世界里的稀奇事。灶屋里烧起一堆疙篼火，通红的火光映得团团一圈人兴致勃勃的脸上泛光，眼神晶亮，火堆上头的铁三脚架上，架着一只大砂罐，煮沸了的开水卟卟地跳腾得欢。陈碧华给大伙儿炒了一大簸箕瓜子，众人嗑着瓜子喝着茶水，听曹云春天南海北地吹，男子汉们还不时地吸着纸烟。

陈碧华忙完了也挤过去听，她就坐在曹云春旁边，随着众人嬉笑，讲话却不多。

曹云春在讲他贩牛皮的一次经历了，众人

听得津津有味,陈碧华也转过半边脸,瞅着这生意人眉飞色舞、唾沫迸溅地摆龙门阵,陡地陈碧华感觉到自己屈起的小腿肚上有只手在探摸,她的心一紧把脚收了收。她和大家一样都照乡间的习俗坐在小板凳上,要往里收也收不拢多少,那只手又探摸过来了。她的心怦怦直跳,站起来离去她怕人生疑心,沉下脸来喝斥曹云春又怕扫了众人兴。曹云春像是摸透了陈碧华的心思,巴掌整个儿张开在她的小腿肚上来回摩挲。陈碧华只觉得小腿肚上痒痒的,坐在那里极不自然。她斜眼盯曹云春一眼,这家伙嬉皮笑脸,照样滔滔不绝地吹着,谁都不曾察觉他的小动作。

火堆上一棵木柴"嘭"地轻爆了一声,众人听得专注不觉一怔,陈碧华小腿肚上的手也移开了,陈碧华趁机站起来,话里含点骨头说:"老实点啊,做生意种庄稼,耍手腕谨防爆瞎眼睛。"

说完提起砂罐给众人轮番斟茶。

这会儿，替杨光宗和曹云春整下酒菜时，陈碧华不知咋的又想起了这件和任何人不曾提及的往事。一边想一边心头还萌动起个大胆的主意。她想起去年冬月间曹云春在她家睡过一晚，第二天起床后，只要杨光宗不在跟前，他的那双眼睛就直往她脸上溜，溜得陈碧华垂下眼脸不敢瞅他；她想起他临走时给杨光宗留下几包烟，还硬给她留下一条薄纱围巾，绣着金丝绒的那种；她想起刚才朝堂屋探头张望时，曹云春笑逐颜开地朝她连连点头，一双眼睛亮得像火炭……陈碧华心头全乱了，腊肉炒得有点煳，鸡蛋里又忘了放葱花。把晚饭的下酒菜全搞完，解下围腰时，她才发现自己始终穿着回娘家的出客衣裳，忘了换平时穿的粗布衣。

抹一把脸，换起早就准备好的回娘家的提篮，她走进堂屋对杨光宗说，饭菜都整好了，她得赶路走，杨光宗朝她挥挥手，说走就走吧，啰嗦个啥？陈碧华转身时瞥了曹云春一眼，这男人没插话却一直拿眼盯着她，她感觉到了。杨光宗当着客人的面羞辱她，使她又恼又怨。她晓得这都是因为自己没怀上个娃娃，她觉得委屈又感到有股作怪的报复心理。

回进灶屋时她的心咚咚跳，她盛了一碗饭，夹了几片腊肉和鸡蛋，悄悄放进提篮。她没有忘记带筷子，那个从心底冒出来的主意，强烈地诱惑着她，使得她有点不顾一切了。

是的，只要她替杨光宗生下一个娃娃来，杨光宗会像她初嫁过来时那样喜欢她，讨好她。他们的小日子也就会过得红红火火、和和睦睦。在落月坪乡间，他们的生活本该过得比一般农户多点欢乐、多点滋味。不是么？他们已经有了房子，有了惹人眼红羡慕的院坝和园子，有了责任田土和山林，他们缺的就是一个娃娃，一个传宗接代的种。

陈碧华挽着提篮出门了。她不想撞见寨邻乡亲，她沿着小路疾疾地踅进松棒林，走到幽深的松林里一块坪上,她长长吁出一口气,仰面朝天躺在铺满了松针的地上。太阳透过针叶松的罅隙,照射在仍含着潮润气的泥地上。陈碧华睁眼望着林子外的蓝天白云,心头跳得比刚才走出寨子时更凶了,她隆起的胸脯随着呼吸剧烈地起伏着,直到此刻,她才觉察到自己心灵深处的那股欲望是多么强烈,多么不可抑制。这会儿即便有人点穿她的心思,试图劝止她,她还是要去干的。为的是她得有个娃娃,为的是她能在落月坪这地方扬眉吐气,为的是赢得杨光宗原先对她的爱。一个女人如若没有了这一切,活着还有什么滋味呢?

太阳西斜了,擦着山脊了,落坡了。暮霭从松林深处升起,有淡淡的雾绕着山腰。陈碧华晓得明日又是晴天,夜里也不会有雨。即便偶有人从松林边过,这会儿也不会看得见她,松林里比外面黑得要早。

这是乡间的黄昏,有炊烟从山寨那儿袅袅

升起来,还有哪家婆娘尖声拉气在呼叫自己的娃崽。照村寨上的规矩,上坡看包谷守夜,这会儿是走的时候了。偷粮的贼,在黎明前最黑暗的时候,在夜深人静时,在天初擦黑那一阵,最易下手。陈碧华走出松林,朝山巅上跑去。松林坡后的山巅,看得见那条通摸云岭的路。

她谙得好准,跑上山巅猫在一坨大石头后面,气还没喘匀,峡谷里那条弯弯拐拐细如长带的小路上,杨光宗歪挎着火铳枪的身影就出现了。隔得有一点远,她没十分把握那就是丈夫,正想探颈子瞅个分明,杨光宗张嘴长声吆吆地唱了起来:

> 嗨,有酒有肉,朋友无数;
> 嗬,无肉无酒,难交朋友;
> ……

那醉醺醺的嗓门,陈碧华是再熟悉不过了。

一旦辨清了，陈碧华一屁股坐倒在地上，半天站不起来。现在还有啥？啥都不用忧了，杨光宗是肯定不会晓得的，等到天黑尽了，她穿过松林顺着摸熟的路回到家里，一切就全妥了。可她的心，却跳得愈加纷乱和急促了，脸颊上也一阵一阵烧起来。

天黑了，落月坪在夜色里沉寂下来，从一家一户农舍里透出的油灯光影，昏昏糊糊的，陈碧华把装进提篮的饭菜吃了，她太紧张太惶恐了，过了吃晚饭时间竟没觉得饿。直到端起饭碗时，她才觉得饭菜的香，觉得肚皮空了。

她沿着傍晚走来的路摸回去，有一点花花月亮，她走得快而急，走得很警觉，她不能让任何人撞见，传开去就啥都完了。

除了脚尖绊过几下，啥事儿都没碰上。趸近自家后门口时，她的心几乎要从胸膛跳出来了。砖瓦房里没灯光，更没摆龙门阵的声气。这使她稍安了点心，她怕的就是屋头聚了一堆人在那里大冲壳子，那她只好躲进园子里干等了。没声气没灯光，说明曹云春不是睡下了，就是跑到其他人家摆龙门阵去了。这都没关系，再晚他也会回来的。

后门是她预先留好的，她出来时门闩就拉开了。她掏出钥匙，凭习惯插进锁孔，稍使劲儿一推，"吱呀"一声，门便开了。乌漆墨黑之中这一声响，惊得她浑身毛发全竖了起来。她一闪身进了屋头，搁下提篮就关上门。越是紧张手脚越重，门关上时发出"咚"一声响，拉上门闩时声音也比平时大。她转身时，听到里屋竹笆床上，吱嘎嘎响起翻身的声音。

她凝神屏息地站着，心跳声像在擂鼓。屋里黑得啥都看不清。直到确信里屋不再有动静了，她才凭着平时摸熟了的位置，蹑手蹑脚走进去，慢悠悠地迈近门槛。

床上躺着曹云春。他不打鼾，陈碧华仍感觉得到陌生男人的气息。她悄没声息地脱去外衣,她伸出手去撩开帐子。除了心在狂跳,她这时候什么感觉都没有,她只晓得该有个娃崽、娃崽。

正要支身上床,她陡地听到一声惊问:"哪个?"男人的气息直冲她的脸面。

"我。"她声颤颤地答着,整个身子扑上床去,羞怯慌乱之中,她哽咽着搂住了曹云春的身子,哭泣着说,"我啥都不要,不要!我只……只想要个崽……"

2

李志荣不在屋头,寨邻乡亲之间的礼尚往来,却是遗漏不得的。刘松青家接婆娘,崔玉昆牵着小羊羊的手,揣上十块钱,去送一份礼,吃桌席。

本想去散散心的,不曾想崔玉昆几乎把吃进去的酒菜全都呕出来。在刘家院坝见到的情形,让她觉得恶心。

那个连屋门不让她进的杨光宗,当着落月

坪团转几百个老少乡亲的面,竟把那从城市拐来的妖女人,公然带来吃酒,俨然一副夫妻两口子的模样。那个涂脂抹粉眼睛还画黑圈圈的女人,一点也不顾杨光宗是陈碧华的男人,在老人娃崽们面前,手挽着杨光宗的臂膀,吃酒时,她吃吃笑着,不时把烫得蓬蓬松松一团狮子毛般的脑壳,挨近杨光宗肩膀靠过去。杨光宗这个不要脸的,还拿筷夹菜送进女人的嘴里。崔玉昆看在眼里,几次拿手拼命捂住嘴抑制自己的恶心。

山寨上的老汉伯妈们,斜起眼睛瞅着杨光宗,嘴里叽里咕噜地咒骂杨光宗的腌臜行为,却没一个人走上前去喝斥他。连满寨人都敬重的郭世贤老汉,也只连连摇头,叹息般自言自语:"世风日下,世风日下啊!"

村寨上的世界真的在变了。

联想起跑进城市的丈夫,崔玉昆一点也坐不住了。李志荣长久地住在花花绿绿的城市里,他能看不见那些花枝招展的姑娘?刚去城市那半年，他还时不时寄钱回来，今天吃酒的 10 块钱礼金，还是他当初寄的。而现在，他足有一年多没往家寄钱了。他把钱花哪里去了？身旁没有女人，他能过得欢？新婚头一年，李志荣到了夜间就猴急缠着她的情景，一幕一幕全在她眼前掠过。他逢年过节都不回家来，身边没个女人那才撞鬼哩！

想到这里崔玉昆烦躁不安，皮肤上像爬满了毛毛虫，她一刻也坐不住了。她得好好想一想，拿个主意。

小羊羊贪图热闹，还想玩一会儿。崔玉昆使劲一逮她的小手，没好气地喝斥了她几声，拉起她就走。

走出刘家院坝几步，身后有个姑娘小跑着追上来，怯怯地喊：

"玉昆嫂，玉昆嫂子！"

她回过头去，看清是邵家出名的初中生、时常在一起说几句悄悄话的燕慧妹子。

邵燕慧先把手里抓着的一小包糖、花生、瓜子塞到小羊羊手里,继而站直身子问:

"嫂子,志荣哥在城市好久了,你去看过他吗?"

"有他的地址。没……还没去看过他。"崔玉昆一下被邵燕慧点住了心事,话说得吞吞吐吐。

"你不想去看看他?"邵燕慧似乎没在意她的不自然,直统统地问。

"咋不想,憨姑娘。"崔玉昆轻叹一声,"可城市,就是那么好去的嘛! 在娘家的时候,出趟门,去走个亲戚,进一次县城,都要请假。修水库、修铁路也招女民工,可寨子上老人们都不让自家姑娘报名,说了,女人出不得远门!"

"唉,"邵燕慧蹙起眉头道:"那都是原先的事,前几年的事! 现在走到天边去都没人管。报纸上都写,离土不离乡,农民们进城去,有好多事可以做。外省好些姑娘,年龄比我们还小,

34

都跑进京城、上海、广州那样的大城市去,给人家当保姆。你去找自家男人,有啥不可以?"

"说是这么说啊,"崔玉昆的心,已经给邵燕慧说得有点动了,只是想到她带着小羊羊一个三岁姑娘,跑进人海茫茫、楼房比山高的城市,还是有些怯阵,"可我从没出过远门,到时候,怕南北东西也分不清……"

邵燕慧截住了她的话:"玉昆嫂子,你要去,我和你一路!"

"你……你也去?"崔玉昆又惊又喜,心里忖度着:天哪,她还是个姑娘,胆真大!

"是的。"邵燕慧认真点着头,"闷在落月坪寨子上,人都要发霉。听说,城市里好些人家愿找乡下的姑娘当保姆,我想请志荣哥帮个忙,介绍一家……"

"替人当保姆,那不是像解放前去地主家当使唤丫头吗?"崔玉昆惊疑着,倒转来劝起燕慧来,"我们再穷,这事儿干不得。燕慧,听说志荣在一家机关管伙食堂,看看那伙食堂里,有没有洗菜涮锅的事,也比当啥使唤丫头强。"

邵燕慧喜吟吟道:"那就说定了,我们去!"

崔玉昆的回答被再次喧嘈起来的唢呐声淹没了。刘松青家的接亲宴席,余兴未尽哩。

3

温小琼从来没像今天这样盼过夜的来临。秋末冬初的夜,已显出它的深长。梦中醒来,窗子外还是黑黝黝的,即使有月亮的晚上,屋外都是灰蒙蒙的。

男人走了。小小的结构坚实的砖瓦房里,显出少有的空寂。于万臣问过他哥和嫂,哥嫂都赞同他趁着一冬三月的空闲,到外头去闯荡闯荡,能赚到钱则好,赚不到钱混点伙食饷口,长点见识也好。那老实巴交的哥嫂仿佛也开窍了。

于万臣走了,一点没察觉小琼心思地走了。

一个人守着蒿竹林旁溪水边孤零零的这幢房子,温小琼一时间还真有点不习惯哩。瞬间的感到自由的欢快过去之后,她很快觉着了孤独,觉着了心头的焦灼。头一回她意识到,于万臣原来在她心头,还是占着一个位置的。男人这一走,屋里外头,白天黑夜,做什么都是她一个人。半夜醒过来,手习惯地一伸,床的另半边是空空的。落月坪杳无人声,只有峡谷里吹过来的风,穿过沉沉黑夜,把蒿竹林摇得沙啦啦响。熬过这样悠长的夜,温小琼愈加急切地盼着心上人侯道州的到来。喊他把耳朵伸长一点,听着点口讯,他像聋了一般。于万臣出门几天了,他连影子都不见,急得温小琼只好趁麻栗街赶场,到场街上去瞎碰瞎撞,她不好意思到金鸡塘去邀他。她晓得他是个"有钱无钱场场赶"的角色,他嘴巴里时常哼"赶赶场、场场赶,不为热闹去赶场,只为偷眼看姑娘"。还在小琼当姑娘时,随着婆娘媳妇们去麻栗街,她就经常看到

37

他在场街上晃悠。起了个早，装模作样挽个提篮，放进三四十只鸡蛋，温小琼赶场去了。算她谙得准，鸡蛋没卖完，她就看见侯道州了，在麻栗街一个录像放映点的屋檐下，他头戴一顶长舌帽，嘴里叼支烟，一条腿随着录像点播放得震破耳朵的音乐在一抖一抖。温小琼喊了他一声，他吐掉吸到一半的纸烟，抽正了长舌帽，喜不自禁迎上来。

温小琼就是喜欢看到他的脸，笑吟吟的，棱棱角角都分明，浑身上下还透着精明之气。这才算得男子汉哩。哪像于万臣样迁得如同木头啊！她仰起脸刚说出"他走几天了"，侯道州的两眼就变得雪亮，连连搓着双手，乐滋滋地说："那我今晚上去。"

"我等你。"说完，温小琼觉得如释重负，满心欢喜。怕让寨上人看见，她转身走了。走远了她回了一下头，看见侯道州又回到录像放映点屋檐下，倚着梁柱子在点烟。他身边一块黑板上，彩色粉笔大大地写了五个字："疯狂的情杀"。那大约是录像片的名字。

温小琼卖完鸡蛋，无心在麻栗街狭窄的石板路上走来走去挑选小媳妇爱买的东西，约上一个忙着赶回落月坪的大婶，相伴着回来了。落屋以后她从睡房里拿出两只鸡蛋，和着葱花炒了点冷饭吃完，倒头便睡。她晓得侯道州晚上来，一整个夜晚是不会睡的。醒来时天还没黑，山乡秋尽时节常有的老阴天，辨不清是什么时辰了。温小琼煨了一大锅热水，打了满满两大盆，关严了门窗抹拭自己的身子。屋头有一面圆圆的脸盆底那么大的镜子，温小琼一边抹拭，一边凑近镜子去半含羞涩地端详自己，眼睛里闪烁着颇感自豪的神采。

都说女人似水，温小琼的性子更像那清澈的流水。四乡八寨的人都说温家老爹是个堂堂的男子汉，讲的不仅是他的酒量，他的粗蛮剽悍的性格，还讲的是他的脸貌：一双豹子样的大眼睛,络腮胡子,挺直的鼻梁和紧抿的嘴,吼声如雷。长相有几分像爹的温小琼,把爹脸貌上的优点全继承下来了,只是平添了许多女人的妩媚和神韵。温小琼记得,在金鸡塘长成一个大姑娘时,寨邻乡亲们即使当着她面,都在爹妈面前夸她,那话是针对姑娘讲的,说得十分含蓄,说她是"好一朵花儿,莲花儿,溪流水上漂悠的睡莲花儿。"有哪个晓得,她的性子也如同好漂悠的睡莲花、好流淌的溪水呢。她是朵花儿,得趁着不常开的时节,尽情地寻找欢乐和享受。

天终于黑了。她没心思整吃的,只把过重阳节打的粑粑,烤来吃了几块。收拾完桌子,她赶紧舀凉水漱口。她还没养成刷牙的习惯,侯道州喜欢亲她,她晓得嘴里有异味,每次和他偷着相会,她不是喝凉水漱口,就是喝浓浓的茶水漱口,她就愿意侯道州亲。随后她又把灶火撬开,添上几大块肯燃的煤,让灶屋里烧得暖暖的。秋尽冬来,山乡的黑夜已有了凛凛的寒意。

做完这一切她换上新崭崭的红灯草呢夹袄,蓝哗叽裤子,还穿上结婚时于万臣送她的那双这辈子唯一的皮鞋。她要让今晚上染着点喜气,让侯道州忘不了她,她要设法拴住他的心。

她在面朝金鸡塘的那间屋里燃起油灯,让从蒿竹林里走来的侯道州一眼就能看见这幢房子。天阴,不会有月亮,路上黑,她怕侯道州找不到这里。

她替自己的情人把啥子都想到了,仍然还是心神不宁。

幸好侯道州没让她久等,隔着溪水的落月坪寨子上灯火还没完全熄灭,他就在窗户外头低低地唤她了。

门闩拉开,侯道州的身影随着门一敞扑了进来,带进一股寒气和凉风。温小琼手忙脚乱地合上门,重重地把门闩插紧,把人世间的嚣杂和烦恼全都关在了门外,把林啸风声山野田坝全都关在了门外。

留在屋里的,是一个心迷神醉魂灵飘荡的黑夜。

风摇撼着蒿竹林喧嘈了整整一夜,把无数枯黄的竹叶吹落在泥地上。

4

去城市委实是不易的,落月坪老辈子的人都说城市远、城市远,远在天那边,不去一趟是体会不到的。

邵燕慧和崔玉昆母女,从落月坪走出去,到麻栗街赶搭去县城的班车。到了县城已近中午,当天去城市的长途客车,已经开走半天了。只好在县城找旅社住一晚,排队买好第二天去城市的票。睡惯了寨上自家屋头的床,莫说邵燕慧和崔玉昆不习惯县城小旅社拥挤的睡满客人的房间,就连三岁的小羊羊,一晚上都醒来好几次,还哭闹,吵了人家的瞌睡。

幸好只熬这一夜,第二天早起,她们在县城

街上买了几只馒头，一边吃一边去赶长途客车。她们仨在一排三人座上，随着客车的颠摇，往那神秘而遥远的城市里去。先是小羊羊受不了，吐了，酸水、秽物吐了崔玉昆一身，吐得她连声喊难受，闭上眼睛昏昏沉沉睡过去。崔玉昆还没把小羊羊呕吐的秽物擦净，自己趴倒在车窗上，也哇哇地吐开了。邵燕慧强忍着腹中翻江倒海般的折腾，终于还是抑制不住，急促地喊玉昆嫂子和她换座位，扒在车窗上往外吐，直吐得她头晕目眩，肚里的清水也吐净了，才觉好受一些，但是眼睛看出去，山岭啊树木啊全是晃悠悠昏糊糊的。

大约这是对他们要进城市的惩罚吧。

一整天长途客车坐下来，她们三人都像大病了一场。下了车走出人群熙攘的车站，在候车大厅的长条椅上坐了足有半小时，才稍稍回过神来。小羊羊喊饿，两个大人也觉着饿了，于是便出来找吃的。

43

车站外头的小吃摊摊和面铺、米粉馆、饭店真不少，一溜排过去，足有里把长。兜里还揣着早晨在县城买的馒头，为节约钱，邵燕慧做主，一人在摊摊上要了一碗汤水多的面条。城市里啥都要钱，三碗面条合起来，都不足半斤，连小羊羊三岁的女娃儿，都能把一碗面条吃净，那能有多少？可摊主要收三块钱，一块钱一碗。邵燕慧心里说，小季的麦子收上来，抵余粮卖给国家，一斤只值一角钱。三块钱，要收去农民种的三十斤麦子。而在城市，三十斤麦子的价只值三碗面条。现在若不是还有那几只冷馒头，邵燕慧和崔玉昆硬是吃不饱。

上过初中，识字毕竟好，吃面条时邵燕慧四处望，看见杨光宗说的14路车站就在面摊摊前头。将离开寨子，她和崔玉昆又去访了一回杨光宗，听说她们相约着要来城市，杨光宗的眼睛有点奇怪地瞅着崔玉昆，他说了，出长途客车站，门口有14路公共汽车，坐上那车，就能找着李志荣所在的文联招待所伙食堂。邵燕慧先搁筷子，趁崔玉昆和小羊羊还在喝面汤，她走近那车牌牌，依次看过去，当真的，由汽车站坐六站车，就能到文联。车牌牌上就写着"文联"两个字。邵燕慧心稍安了些，她刚要转身去招呼崔玉昆母女，她俩跟着走过来了。崔玉昆把李志荣写回寨子的那只信封递给燕慧，怯怯地问："是坐这车吗？"

燕慧点头，接过崔玉昆的信封，其实她已把信封上的地址抄下来，且牢牢记在心上：南河路8号。但她还是接过信封，便于一会儿问路。

街灯亮了，好像有双奇妙的手喊它们一起亮似的。小吃摊摊上的电灯也都亮了起来，一个小摊摊顶一只灯泡，里把路长的小吃摊摊让一只只光溜溜的电灯泡点缀得分外好看。小羊羊欢喜地喊："看呀，看呀，红的、白的，一亮一亮！"

她是指马路对面商店门口的花灯。

公共汽车不挤,售票员让她们买两张一角的票。车开开停停,到站的时候,她又特地喊了崔玉昆和燕慧一声,还隔着车窗指向斜对面的一条马路,说那就是南河路,走进去就能找着8号文联的大铁门。

邵燕慧没料想这么好找,不由得一阵兴奋,下了车拉起小羊羊的手就穿马路,害得崔玉昆在后头直赶,连声喊:"慢点、慢点!"听她的声气也很兴奋。

刚走到马路中间,一个警察大步朝她们走来,粗声吼着:

"谁叫你们乱穿马路的! 退回去,退回去。"

吓得她们伫站在马路中央,动也不敢动。一辆开过来的面包车,只得被迫停下了。司机探出头来骂:

"撞鬼啰!"

邵燕慧手指着南河路,急急地申辩:"我们要去那里……"

"我管你们去哪里!"警察不客气地喝斥着，不过语气已缓和下来，他一听燕慧的口音，又瞅一眼她们三个的衣着，晓得是乡下人，不是故意乱穿马路的，便把手臂一横说:"过马路要走斑马线，喏，到那边去过。"

燕慧和崔玉昆母女，只得乖乖退回来，顺街走一截，战战兢兢过了那画出一道道白杠杠的马路。

真没想到，城市里走个路，也要遭人管着。

所谓南河路，其实只是一条狭窄的勉强过得车子的马路。8号是个大院坝，院坝里停着小轿车、大卡车、面包车、吉普车，只是六层的楼房上下，灯全是熄的。大铁门旁有扇小门开着，小门边的立柱上挂块文联的大牌牌，还有一块横起挂的小牌牌，上面写着"文联招待所"五个油漆字。

拉起小羊羊的手，燕慧就往里闯。崔玉昆胆怯地迟迟疑疑跟在后边，拖后一大截。

哦,原来六层楼房后头,还有一个小院坝,小院坝周围,有三层楼房,有平房,都亮着灯。邵燕慧只瞄了一眼,就看出那并列三棵烟囱的是伙食堂,她顾不得招呼后头的崔玉昆,径直牵着小羊羊走过去。

伙食堂已过了供应晚饭时间,燕慧拉着小羊羊一脚跨进去,有位五十多岁的老伯妈正在拿着水管冲地下。一眼看见邵燕慧,水管照旧喷着,老伯妈问:"你找哪个?"

"落月坪的李志荣。"

老伯妈抬起头,挑剔地瞅了燕慧一眼,努一努嘴道:

"你是他妹子么!他在里面,两口子正亲热呢!进去时敲一下门。"

"轰"一声响,邵燕慧脑壳里头全乱了。乍一听她以为老伯妈搞错了人,李志荣的婆娘还在后头,他的女儿小羊羊正逮着自己衣襟,哪来的两口子?但也只愣怔了片刻,她就拐过弯来了,她的眼前掠过杨光宗带回寨子的那个妖娆女人;她的耳畔响起刘松青接亲那天的唢呐声;她想起李志荣离开寨子快两年了不曾回家。她啥都明白了,啥都明白了。李志荣撇下乡间的婆娘和女儿,瞒着人,又在城头娶了婆娘!又是一个黑心烂肠的男人,又是一个负心郎!咋个办?要不要进去找他?不去找他,她们仨在城市举目无亲,宿在哪里?莫非熬过今天这一夜,明天又回山寨去?

燕慧手足无措地呆痴痴站在那里。她感到从未有过的沮丧晦气,她感到出奇地累。

虽然热闹,虽然喧嚣,城市的夜却也同样不知不觉降临了。

第 三 章

1

贴着她身子睡的儿子在梦中又哇哇地哭开了,好不容易翕眼的陈碧华从昏睡中惊醒过来,连忙轻轻拍着儿子背脊,哄着他莫哭莫哭,待他哭声稍缓一些,她又撩起衣衫,将奶头塞到儿子嘴里。

哪晓得娃娃不是饿,他吐出奶头,更大声地"哇啦哇啦"哭起来。

"吵死人了!"隔壁屋头那妖女陡地尖声喊起来,"杨光宗,你少往老娘身上爬。野牛拦马的崽,你留在家干啥! 跟你讲清楚,你再不把那下贱女人和野崽赶出去,我就走! 哪个女人愿跟你这种家伙不明不白混下去!"

"哎呀,凤珍,你轻点声好不好。前后左右,都是寨邻,尽闹尽闹,不让人看笑话。"这是杨光宗在央求那小妖婆。

"你还怕人笑话? 婆娘主动去找人家男的,你还连贱婆娘带野崽收留在屋头。"随着凤珍不悦地抢白,又传过来不轻不重一巴掌,"还不快拿出决断来。"

"哪个说的,"杨光宗这回讲得更轻,可他亲吻凤珍的啧啧声却很响,一边还说,"你急啥呀,今天下午,我又同她讲了,全摊明讲了……"

"她咋个说?"

"她说要想想……"

"想到猴年马月去?"

"不,她只说想两天。"

凤珍不再尖声拉气地催杨光宗了。一会儿工夫,隔壁传来"嘻嘻""嗤嗤"的轻笑声,隐隐约约的,还能听到片言只语的淫浪之声。

陈碧华脑壳上的青筋又"别剥别剥"跳起来,跳得她好疼好疼。自从杨光宗带回凤珍这个女人,天天夜里不避她忌讳地在隔壁睡房里寻欢作乐,她的脑壳就痛,痛得夜间睡不着觉,痛得白天精神恍惚懒神无气,她再也受不了啦,再也忍不下这口气了。她也是个人哪,为啥活得这般低三下四,忍气吞声!是的,她曾暗忖过要忍耐,她指望杨光宗和凤珍是逢场作戏,玩过耍过之后就分手,那么这个家还能保全下去,她同杨光宗还可以是夫妻。但这些天来她看明白也看透了,杨光宗早不把她当婆娘而是把她当个佣人一样使唤着,凤珍缠杨光宗,也缠得很紧。她甚至想过要把实情跟凤珍讲,杨光宗是个不会生崽的男人,跟了他要断子绝孙,也正因为这她才主动去找了曹云春替杨家生个娃娃。但她晓得如此一讲杨光宗非把她捶个半死,而她和杨光宗的最后一丝情分也彻底地完了。她晓得杨光宗回家来只是一凶二恶地吼她逼她,并不对她拳打脚踢,也是忌讳她当着凤珍当着落月坪人讲出这一实情。

白天她扛着锄头去责任田土上薅菜籽,让冬腊月间的寒冽将杂草冻死,杨光宗尾随着她上了坡。他确实又逼了她一回,要她尽快地回答他。看不出他对曹云春有多么妒忌,看不出他对她有多少恨话,他也讲得平心静气,他说他很忙,耽搁不起,只要她答应离婚,去乡政府清了手续,他和凤珍马上就走,回城市去,他

52

并不想出卖房屋，离婚后她和娃崽仍可以住在砖瓦房里，愿住多久就住多久，他不赶她。她似赌气又像威胁般顶他："真离了，我就去找曹云春！"

"哈哈哈！"他仰面朝天放声大笑，笑她的无耻还是笑她的无知，她辨别不清，笑够了他说，"你愿去当他小老婆，你赶紧去！落月坪的房子，我喊堂兄来住。"

仿佛一桶冰冷冰冷的水兜头兜脑浇遍她的全身。陈碧华本想刺他一下，却不料反让他刺了心。她当真想过，娃儿是曹云春的，真和杨光宗分了手，她就去找这冤家。没想到曹云春还是骗了她。尽管他当初肯定地说自己没婆娘的时候她没怎么在乎。

噢，那个像是梦像是醉了酒却又在记忆中仍然历历在目的夜，陈碧华永远不会忘。

那不仅是她的羞涩、惶恐和畏怯，那还是她从未同人讲过的疯狂和欢悦。和曹云春偷情的那个夜晚，使她懂得了啥叫真正的女人。

曹云春不曾讥诮她，更不曾嫌弃她。

"上来，上来。那你快上来呀。"听清是她的声气，曹云春的嗓音狂喜地颤抖着，他逮着她上了床，脸朝她挨近过来，在她耳边问："你看出我喜欢你，看出我想你了，是么？"

陈碧华还没从剧烈的惶恐中回过神来，只觉得脸上一阵阵烧。她浑身上下都在发抖，幸好是黑夜，胡乱地点了一下头："嗯。"

"碧华，乡旮旯里的美人儿，我心爱的。"曹云春温存地搂住了她，一点儿也不粗暴急促，他温声柔气地说着话，一只手在她的臂膀上抚摸着，渐渐扩大范围，摸到她的肩膀上。

碧华还是心慌，既想不顾一切地跳下床去，又身不由己地贴近他。

曹云春感觉到了她的心神不宁，又在她耳边低柔地说：

"莫慌，这里又暗又静，只有我们俩。我爱

你,心肝儿。"

她的心情平静一些了。确实的,杨光宗在坡上看包谷不会回来,夜深了从来没人来串门,她慌个啥呀?这样想了,她的气喘得匀了些。曹云春还在她耳畔说着甜言蜜语,说得她耳热心跳:"你是见天黑,走不远,退回来的吧?哎呀,晓得你要回娘家,我心里好失望啊!没想到你又回转来了,杨光宗不晓得你回来吧?"

"不晓得。"不知怎么的,她答起了他的话,"我也没走好远,我是跑回来找你的……"

"我的好碧华。"曹云春扳过她的脸去,俯下脑壳来,张嘴堵住了她的嘴巴。他吻着她,吻得有滋有味,吻得兴奋热烈,吻得她快喘不过气来了。她瘫倒在他的怀里,起先完全是被动的,继而不晓得是咋回事,她的嘴唇也有了反应,她的双手也不知不觉搂紧了他。曹云春亲她的脸,亲她的鼻尖和下巴,亲她的胸脯和肚皮,一边亲一边摸,一边摸一边舔。真没想到男人的手有这么灵巧这么轻柔,陈碧华只觉得自己像坐在一只颠摇的小船上,气候温和阳光宜人,水波在荡漾,雀儿在啼鸣,随着船颠船摇,一阵一阵快乐的波纹在她的身躯上弥散开来。曹云春不时地问她:

"快活吗?"

"嗯。"她向被窝侧过脸去,虽是在幽黑薄暗之中,她也觉得羞。

"快活吗?"他又追着问。

"快活。"

真快活! 她的浑身上下都像团火般烧灼起来,她张开双臂去抱紧他,她同杨光宗从未有过如此强烈酣畅的感受。她想告诉曹云春,她想要个崽,不,不! 这会儿她想的只是要他,她想喊出来,她喜欢他、需要他,但终究由于羞怯,没说出口。她只是张开嘴呻吟般哼哼起来。曹云春扑倒在她身上,她扭动着身子去迎合他,迎合他。

船又摇起来了,水波又晃悠晃荡地溢开了。陈碧华只觉得小船在那一瞬间,把她送入了仙境,送入了铺满艳丽鲜花的山谷。什么东西在她的心灵深处苏醒了。

2

李志荣是靠着他堂叔在城市当个什么长,站稳了脚跟的。他替人家家属宿舍区守过传呼电话,他当过泥瓦匠的小工,落魄时他还推过板车。最终他在文联招待所伙食堂混了个事,先是采买,后来干脆当起了事务长,既管钱粮又管物资,权还不算小呢。

伙食堂是承包的。主要业务是供应上班的文联职工一日三餐,和招待所客人的伙食。文联职工的饭菜,要费点心的只是中午这一餐,早晚两顿,没几个人吃。那些画画的、写书的、编歌编舞编戏的,大多不上班。即便天天到机关来打个转转的,大多亦心不在焉,不到下班时间,绝大多数跑空了,连办公室和直接管伙食堂的行政科也不例外。而招待所呢,经营不善,住的客不多,干脆腾出两层出租给人家当了仓库。伙食堂的利润,纯粹是靠承办筵席得的。好在行政科请了个二级厨师,这位厨师除了会炒菜搞花样还爱画画,和美协那些名画家关系不是一般地好。他精心整出的菜肴,确实让人馋得淌口水。而这里离市中心不远,所以生意还很兴隆,差不多每晚都有几桌席。

李志荣巴心巴意跟着厨师干,既跟他学炒菜,又学一点经营之道。每个月三百多块钱的工资奖金,是能到手的。在伙食堂干,吃饭不掏钱,到手的三百多块,可以说是纯收入。

赚了点钱的民工酗酒赌钱那是常事。玩女人"搭偏厦"的也时有所闻。在落月坪有个家还生了女儿小羊羊的李志荣,认定那是丑事,自己绝不去沾边。他是个正派人。

秀琪是不知不觉地进入他的生活的。她在

伙食堂里洗碗涮锅拣菜干些杂活儿，晓得她也识字还会算，有时便让她到小窗口给人卖点冷盘、花生、黄豆、咸蛋之类，人手忙不过来，还让她兼卖零售的面条、烤鸭、香酥鸡。厨师的烤鸭和香酥鸡都做得好，文联那些干部，排队等着买也不嫌碍事。不管喊秀琪做什么，她都一口依承，而且干得认真利索。她平时言语不多，眉眼又生得秀气，很招人喜爱。李志荣听说她是社科院一位处长婆娘的妹子，原先在处长家帮着做家务，后来不知什么人介绍进了伙食堂，每月拿80块钱也算当个临时工。瞅她细皮嫩肉的，李志荣认定她真正是个临时工，干不多久，她那当处长的姐夫，准定会替她想办法找个轻巧活路。哪怕在门房搞个收发，也比在食堂里舒服啊！

当李志荣觉察到秀琪爱同他在一起的时候，她在他眼面前晃来晃去已经习惯了。李志荣住的地方倒是名副其实的"偏厦"，那是挨着

59

伙食堂外搭出来的两间小屋子。严格地说这里不是李志荣的房间，这是伙食堂的保管房，里面一间放贵重东西，钱、粮票、票据等等，还有一只保险柜，外头的一间放杂物，大桶的猪油、菜油、流水账本，还有一张三屉桌，一张长长的由办公室淘汰下来的沙发，这一间权当伙食堂成员休息、吃饭、闲聊天、听收录机的场所。李志荣的铺搭在里面那一间，而白天呢，经常在外间忙碌。外头一间屋，什么人都往里头拱，来找点辣椒的，来问什么时候有卖香酥鸡的，来补交饭菜票的，来扯面条票的，甚至还有想来聊天的，比如司机班那几个闲着的小伙子。秀琪是食堂五个成员之一，有事无事待在这里，李志荣从没感到有啥异样。

这天已歇班了，李志荣歪在里面那张床上悠哉游哉地听收录机，还随着音乐的节奏晃着架起的腿。和当包工头发财的杨光宗不能比，但是每月刨去伙食费，纯收入三百块，又不消出卖多大劳力,李志荣是够满足的了。他会算,一月三百块,一年便是三千多块,连干三年,哈哈,成个万元户,不愁在落月坪盖不起砖瓦房。这日子过得逍遥,伙食又吃得好,他不仅胖了还白净了好些,连文联那些干部私下都讲,食堂有个俊小伙子。李志荣当然有点无忧无虑地自得其乐。

秀琪像平时一样随便地埋着脑壳走了进来,李志荣赶忙起身。秀琪说:"我来交鸭子款。"白天零卖了烤鸭,她把钱交给他,锁进保险柜。

李志荣站起来点票子的时候,秀琪烫得卷曲的刘海不时撩碰着他的脸颊,害得他的心突突跳,连点两遍,都没点清楚。她在一边问:

"对么?"

他抬起头,看到她一对眼睛,流波溢彩的,他惶惑地咽了一口唾沫,连忙把目光移开了。她走出去了,他盯着她的背影,愣怔了好一会。

隔不多久的星期六,文联的干部都称之周

末。人都走光了。话剧团排了个新戏,给剧协送了很多票,剧协给文联职工每人发了两张。伙食堂的临时工也不例外。天黑以后,不但机关里外清风鸦静,就连隔一堵墙的文联宿舍大院里,好多窗户也熄了灯,时常听得清晰的麻将声,也没有了。李志荣把票送给了司机,他不爱看话剧,听来假惺惺的,半天还说不清个什么事儿,演员看去都四十多岁了,还扮个小青年,蹦也蹦不起来。他看了一阵电视,回到自己的小天地,打开台灯,想给落月坪的婆娘写封信。这信有点难写,崔玉昆识字不多,信读不全,收到信要请寨上识字多的人念。他写得太亲热了,让人一读传开去,会落下笑柄。写得水清水白没滋味呢,他又觉得没把心里话倒出来,别别扭扭的。离家几个月,他想婆娘和小羊羊了。正捏着笔杆儿皱眉头,他听见外面那间屋头有动静,先是端进了盆,还开了灯,关上了门,拉起了窗帘。他想这是哪个呢? 好奇心和警觉性都让他去瞅一眼,他搁下笔蹑手蹑脚走近门边,凑着门缝朝外屋望。一眼看出去他的心就迷乱了,张秀琪裸着上半截身子,正在抹胸脯,灯光下那一片雪白丰腴的胸膛水淋淋地闪着光,一对饱满的鼓突的乳房随着她的抹拭,一颤一颤地上下晃动着。

李志荣的眼睛离不开门缝了,他的血直往脑壳上涌,心突突突地狂跳。离家好久了,孤单单的,他这是头一回看到城市姑娘那么晃眼的身子和乳房,崔玉昆的乳房小小的,躺平了几乎看不出来,他神经质地打开房门扑了出来。张秀琪转脸瞅他的时候,他已跃到她身后拦腰搂住了她,一只手按住了她一只乳房。张秀琪太慌乱太紧张了,身子一缩,原先解松的裤子也落了下去。李志荣瞅着这美如天仙的女人简直疯了,两只眼睛充满血丝,粗莽地把她抱向长长的沙发。张秀琪像要挣扎地乱晃着四肢,手还摆了摆,李志荣只听她在低声喊:

"灯，把灯关了……"

这以后李志荣几乎把崔玉昆和小羊羊忘了，一有机会就同秀琪睡在他的床上。几个月后张秀琪愁眉苦脸地对他说肚里怀了，问他咋个办，他说去医院，张秀琪抢了一记耳光过来，她说死也不去，她要去告诉姐夫。李志荣想到这一告就完了，人家处长不但要追究他，还要追究介绍他的堂叔，丑事儿将传回落月坪不说，他在城市里安逸舒适的日子也就完了，他再不可能和秀琪这样迷人的姑娘在一起了。他讷讷地问秀琪怎么办，秀琪说只有结婚。李志荣慌乱地点了头，为方便找工作，他进入城市就冒充自己未婚，是个童男子。文联职工都晓得，这年轻英俊的农家小伙，还没成亲。这时他哪里还敢改口？

结婚证是在城里扯的。出来揽工之前，村民委员会给他开了介绍信，还给了他两张空白证明，方便他们在外遇上意外时可以即时填上。

这会儿空白证明起作用了。他和秀琪顺利地拿到了结婚证。

婚礼不热闹也不铺张,伙食堂五个人之外,行政科司机班还来了七个人。李志荣自然不敢去惊动堂叔,奇怪的是秀琪的姐姐、姐夫也没出面,只是送了一份礼,一套绣花枕,一条毛毯。大约仍是嫌弃他的农民身份。

新房就设在保管房的里间,粉刷一新后作点布置,比在乡旮旯里是强多了。

李志荣把崔玉昆和小羊羊全都置之脑后,莫说寄款写信,他连想都不敢去想她们。特别是秀琪的肚子一天比一天腆得大起来,而她又给了他好些温存和关心;还有那些个文联职工时常笑嘻嘻地说:

"好好干。这样的小日子,过起总比山沟沟里强。"

李志荣心头也这么认定了,到什么山头唱什么歌。管他呢,崔玉昆要在乡下守不住,跟着别的男人跑了才好呢。

在保管房里头听到邵燕慧的声气,他三脚两步迎出来,一眼看清邵燕慧身旁那个三岁小姑娘,他登时傻了眼,马上明白是咋个回事了。

这一刹那,他真正感觉自己像只夹在风箱里的耗子,硬起头皮都难得熬过这一关了。

3

春天了,那一坡楠竹林里飘散出竹花的芬芳,春笋从泥巴里拱了起来,黄嫩嫩金灿灿的,总让人想到孕育的生命,总让人想到秋收时节这些嫩笋又是一片楠竹,修长而又挺拔。更迷人的是那一声声竹鸡的啁啾,似在唤春,似在寻伴,听了总叫人生出柔柔的温馨之情。

寨上啥都说得出口的老婆娘们讲,人也一样,春天里就爱恋伴,春夜里就好动情。

温小琼却没得这种感觉。一冬的纵乐放荡,反使她生出股恹恹的情绪来。男人出外的那些天里,侯道州时常借着夜的掩护蹓了来。落月坪寨上,没任何人有所察觉,啥动静也没有。感觉乏味生厌的是她自己。

没有了拘束,没有了担惊受怕,那滋味儿却一回比一回淡了。温小琼逐渐觉得,作为一个男人,侯道州也不过如此。但是,于万臣出门在外,她似乎又少不了他,因此她还是给侯道州留着门,有他来陪着,总比一个人孤零零守着空房有趣味。

过大年时,男人回家来住过了元宵节才走。温小琼瞅他丝毫不怀疑她的神情,反倒有些于心不忍,她对他尽着婆娘的本分,想让他快活一点,她还开玩笑问他,在外头要不要女人?她杀猪宰鸡,尽煮好东西给他吃,仿佛想以这些举止证实她对他的忠实。他竟然没跑进城市去,问他在哪里打工,他说在矿山,当卖劳力的装卸工,赚的钱也不多,两三个月他只揣回家四百块,真是个踏实憨厚的男人,在落月坪是出劳力,到了外头还是卖劳力。元宵节一过,他又走了,仿佛矿山那里有什么东西值得他牵挂。望着他远去的背影,小琼生出点依恋来。气候渐渐地转暖,男人一走得久,她便又同侯道州粘上了,她发现身边少不得男人,梦中醒来有个男人搂着心头要踏实些。但她确又激不起多大的热情,对于万臣是这样,和侯道州也是这样。心里说,男人和女人,大约就是这样玩玩耍耍而已。特别是侯道州告诉她,过年时,他随媒人去相了亲,那姑娘才十九,还很俏。言语之间,侯道州对十九岁的姑娘很满意,过端午、重阳,他还要去取"同意"。温小琼心头一阵恼怒一阵醋意,却又发作不了,她开始明白,和侯道州的关系,她是处于劣势。侯道州从未把她真正当回事,他不像她爱他一样地喜欢她,他多半是到她这里来寻找一点欢乐。有了这想头,温小琼对侯道州的情意顿时减弱好多,有时独自想想,似还有些懊恼。但她也没和他分手的决断,他来了,她仍然给他开门,和他说笑,和他亲热。

温小琼绝没想到事情会在这种时候败露。要在他们情深意浓那阵子当人暴众地出丑,她也认了。而在这当儿让于万臣的大哥领着众人抓住她和侯道州,她实在觉得有点蚀。

这天夜间好温和,白天出太阳,临近黄昏时满寨的牛一齐叫。下过一阵春雨,天擦黑时雨停了,气温回升上来,侯道州来了,他们相偎相抱说了一些耳朵听出茧子来的情话,两个人上了床。侯道州改了方式,抚弄得她神魂颠倒,身躯烧灼一般地贴近着去迎合他,嘴里急切地哼哼着,情不自禁伸出颤抖的四肢去搂他勾他。

她好久没同侯道州觉得有这么快活了。

侯道州倒在她身边时问:"安逸吗?"

她"嗯"了一声问:"你咋想出这么绝的法子来?"

"我咋想得出,"侯道州出声地咽了一口唾沫,"都是在麻栗街录像上看来的。妈的,花了我五块钱哩!"

温小琼身躯上感觉的满足欢悦迅疾地退却下去,她想起那回他站在麻栗街录像放映点屋檐下游手好闲的样子,这龟儿子,看录像去学这一套,原来这并不是他出自内心的爱!

恰在这时她听到了院坝里的声响,起先是低微的轻声,陡地嘈杂的脚步声、狗吠声、擂门声一同响起来,像要震聋她耳朵。堂屋门前台阶上、窗户边、后门口都有燃得好亮的火把,电筒光肆无忌惮地晃了起来。

侯道州手忙脚乱地抓衣裳,嗓音颤颤地刚问出一句:

"是咋个回事啊……"

话音未落,窗门被砸开了,一个粗大的嗓门吼着:"抓淫妇奸夫啊!"

跟着就有一个一个青壮汉子从窗子里跳进来,拉开门闩,放人们进来。

温小琼只记得她和侯道州刚来得及穿上贴

70

身的内衣，还没从床上逖下来，人就堵了半屋子，火把的光焰一闪一跳的，电筒光直往她和侯道州脸上扫来，鄙夷的斥骂和放声的诅咒灌满了她耳朵。侯道州吓得匍匐在地，脑壳像鸡啄米一般往地上磕，嘴里连声讨饶：

"叔叔伯伯，爷爷公公们，饶了我饶了我吧，我还没说清哩！都是她……都是温小琼约我来的，我赔罪，我认罚，我再也不敢了……"

他一面告饶哀求，一面痛哭流涕。有人朝他吐口水，站近了的用脚尖踹他，后面还有人喊打。好几个人在嘻嘻地讥诮他的丑样。

温小琼不由自主地挪开了他一点，她的脚板心里升起股寒气，发自肺腑地感觉到对这个男人的嫌弃和厌恶，她真是瞎了眼咋会喜欢上这么个人。失悔的泪水涌出来，她垂下了头。

原先的队长郭世贤的嗓门压倒了众人的嬉笑喧哗，他扯直了喉咙喊："妈皮，奸情啥年头都有！像这样婆娘把自家男人蒙哄走，又招野汉子来睡的,我还是头一遭听说。于老大于万功,你给我把男人吊起来打,给我舀几瓢粪水来,泼那骚女人一身一脸,快点啊!"

屋里屋外的寨邻乡亲哄然吼了起来:

"拖这两人去游街!"

"扒光这对狗男女衣裳,到寨路上去游!"

"游了落月坪,再拖去金鸡塘!"

"他们要臭,就让他们臭远点!"

....

温小琼这下子真正地感觉恐惧了。她的眼前闪过自己披头散发、赤身裸体、颈脖里挂双破草鞋在寨路上游街的情景。她的脑子里掠过爹妈兄妹的脸,掠过落月坪、金鸡塘寨邻乡亲们的脸。她缩着肩膀往床那头挪。侯道州更是趴倒在地,哭唏唏地求着:"老祖公们,我求你们了,我再不敢了,我给你们当孙子……"

有人一脚把他踢翻了。

温小琼脑子里轰轰然响,耳管里嗡嗡的啥

都听不见,直到喧闹忿然的嚷嚷稍稍平息下来,她才听于老大说:

"你看呢,咋个发落你弟媳?"

温小琼以为这个和爹交情很厚的汉子是在问郭世贤,心头当即冷下来。没马上听到回答,她斜起眼角瞥去,原来于万功问的是他婆娘,她温小琼的嫂子。温小琼的心又悬起了,嫂子这人粗粗实实,往常说话高嗓大门,吼起娃娃来疾言厉色,凶得很,也有主见得很。满寨的婆娘媳妇都在怂恿男人到外头去闯荡赚大钱,惟独她公开说,秤不离砣,公不离婆,要穷穷在一块儿,勤扒苦挣地做,莫非还过不上粗茶淡饭的日子?我不让于老大走,我这屋头离不开他。今天撞在这个女人手中,温小琼晓得也没好果子吃。于大嫂说话了,嗓门还是像打锣:"问我? 你和小琼家爹不是朋友嘛! 说齐天道齐地,她总还是你弟媳!"

"那好,先把奸夫捆起来送乡政府。这女

人……"于万功搔搔头皮环顾众人一眼，斟酌着说，"等我兄弟回家来，由他发落……"

话没讲完，便有人赞同地喊起来："也好，捎个口信，叫万臣快回来休了这贼婆娘。"

．．．．．．．．．．．．．

4

"志荣哥，总算找着你了！"

是邵燕慧这声脱口而出的招呼，救了李志荣。燕慧看到，随着李志荣的出现，他身边跟着站出一个腆着大肚子的女人。

李志荣朝她点头，很热情地笑着说：

"是你啊，燕慧，你一个人来的？"

他边说边不经意地瞅小羊羊一眼，装得真自然。幸亏他离家久，小羊羊不认识他。

"不，"燕慧斜了大肚子女人一眼："玉昆在外头……"

"哦，你们两姐妹一起来的？"李志荣抢过她

74

小心翼翼的话头,"来城市干啥?"

"我……我想,"燕慧疑惑地瞅瞅大肚子女人,终于还是笑着说出来了,"我是想找个活路,像给人当保姆什么……"

"啊,也想来这里见见世面,好办,好办。"李志荣一口答应下来,他还转脸对大肚子女人说,"你看巧不巧,前天还有人托我找个离城市远点的偏僻村寨的姑娘料理家务,今天寨上就来人了。你们吃饭没得?"李志荣又问燕慧。

"吃了。"

"找到宿处了?"

"还没。"

"那这样,"李志荣既像是对她,又像是对大肚子女人说,"我去给你们安排住下。明天就介绍你们和雇人的家庭见面。我去去就来。"

最后那句,他是对大肚子女人说的,说得很坦然,很安详。进了城市,他果真学得乖巧灵活多了,瞒天过海做得像真的。

75

大肚子女人瞅瞅燕慧，瞅瞅小羊羊，点了头。他把手一挥："走，跟我走，我给你们找个便宜的旅馆。"

玉昆嫂子啥都不晓得，她怯生，怕见人，躲在灯光照不着的阴影里。见李志荣好端端走出来，她一双眼睛盯着变得又白又胖又年轻的男人，她让小羊羊喊爸爸，她一个劲地向李志荣唠叨，抱怨来一趟城市不易，说他们仨在长途车上都吐了，还讲小羊羊想爸爸，她们母女俩过春节时天天盼他回去……看到久别的丈夫她无比兴奋。燕慧跟在这一家人后头心情沉重，她不便对玉昆嫂子道出真相。如果说燕慧觉得刘松青这么个负心郎可怜，那么燕慧觉得现在的玉昆嫂子更可怜。她那么懦弱胆小，她咋能经受得起这么大的打击！

李志荣带着她们走出了南河路，把小羊羊抱了起来。燕慧脑壳里一闪念，李志荣在招待所干，不把她们就近安顿，而要另给她们找旅馆,怕是要把事情瞒下去。燕慧忖度着,看他要咋个瞒法。

看来李志荣在城市真混熟了,走过两个街口拐进一条巷子,他先进旅社去一说,一会儿工夫就来喊她们进屋。

房间很小,放置着两张单人床。李志荣说这私人小旅馆便宜,三块钱一张床位,文联招待所的床位,最便宜的都得七块。玉昆嫂子瞅着两张床,仿佛突然明白了什么,她问:"那你住什么地方?"

"我住的是食堂保管房,一小间屋睡两个男人,你们突然来了,不好赶那人走。过几天再说吧。"李志荣像看穿了崔玉昆心思般说,"再说,我还要给领导讲一下,你们才好过去住。领导若说公家保管房不准住家属,还不行。"

崔玉昆两眼傻了似地瞪得直直的:"一晚上三块钱……"

这憨婆娘,她还在心痛那三块钱哩。燕慧

77

真怜悯玉昆嫂子。她把脸侧转去,心里说,女人的命真苦,真苦啊!她很想就在这间小屋里揭穿李志荣这当代陈世美的嘴脸,但她抑制着自己。她在城市举目无亲,她还得靠他帮忙介绍干活的地方,她不能得罪这个人。

"来都来了,不要在乎钱了。"说着话,李志荣掏出一把钱,大票小票足有七八十块,塞到崔玉昆手里,继而转脸对燕慧说,"真没想到,你一个女娃儿,胆子这么大,说来就来了,闯荡城市,是要点勇气的哩。你是我们山旮旯里头一个跑进城市来找活路的姑娘吧?真不简单。我也想不到,你爹妈会愿意……"

"我闹几回了,他们不答应,我就不吃饭。"燕慧说着笑了一下,"再说,再说……"她几乎就要把负心郎刘松青的事儿说出来了,话到嘴边又咽了回去。她和刘松青好,寨上人多少看得出点眉目的。

李志荣对听她的话似乎也不感兴趣,他接

嘴道："算你来得巧,明天我就替你去跑。真有人要找小保姆,还是个啥子副所长呢!城市人找小保姆,专爱挑离城远的、偏远闭塞的乡下姑娘,最好那寨子连公路也不通,这样就没有人进城来串门。要不,咋有人托到我头上来呢?"

"那就拜托志荣哥了。"燕慧真心诚意地说。她也不愿夹在他们夫妇之间难堪了。

李志荣很热心:"你放心,包在我身上了。"

他说话果然当真,第二天下午就带她去见雇主,没想到一见就成。李志荣让燕慧喊雇主吴姨,还说她男人是个副所长。吴姨是一派知识妇女的打扮,目光有些挑剔,却一眼看中了燕慧。以后燕慧听她说,当时是见燕慧脸貌端正,穿着也干净,还在乡下念过初中,就看中了她。说定的条件是,吃住在吴姨家,每月付她四十块工钱。这都是李志荣帮她谈的,燕慧一点都不懂,为此她很感激李志荣。不过她搬进吴姨家,再没去找过李志荣,只听说他和崔玉昆、小羊羊回落月坪去了，他们那皮是怎么扯的，她不晓得。

她在吴姨家干得很顺心，不到一个月，就学会了开电视机，用冰箱，接电话打电话，在煤气灶上煮饭炒菜，使用全自动洗衣机、吸尘器，去市场买菜，浇花。吴姨说她聪明伶俐，很喜欢她，送她不少过时的新旧衣裳。燕慧同样觉得吴姨一家子都好。吴姨的男人是邹副所长，搞什么研究工作的，一派文质彬彬的斯文相。吴姨的女儿叫邹玲，在城市郊区的一所重点中学里住读，一个星期回家来一次。吴姨说了，邹玲考取那所中学，等于一只脚跨进了大学校门。燕慧听后简直是羡慕不已。她也是块读书的料啊。唉，人比人，气死人。眼下是安顿下来了，可将来呢？赚一笔钱回乡下去，等着媒人上门而后嫁人吗？她不敢想，她也不想回去。一回去就要遇见刘松青，她想起这人心头就不舒服。他是信誓旦旦地向她表白过爱的呀，他还亲过她的嘴，摸过她胸脯哩！

过大年了，城市里喊过春节。吴姨问她回不回家，她说路途远，车费贵，又才来不久，不回家去了。吴姨听了很欢喜，邹玲放假了，有她陪伴女儿吴姨放心。

春天了，燕慧想到若是在落月坪，寨邻乡亲们又该忙碌了。男人们忙打田栽秧，盼老天爷给老畈田多来几场雨水。女人们则忙着栽包谷、收菜籽。她现在离那一切都远远的了，她习惯了吴姨家的日子，白天一大家人出门去了，她干完活，还能坐下看好一阵电视。

下雨那几天，情势变了。还是吴姨这几间整洁干净摆设齐全的屋子，变得让燕慧生出几分隐隐的恐惧来。

邹副所长要在屋头写什么论文，不去上班。燕慧却能时常感觉到，他在厨房门口晃来晃去。有时候她不经意地一转脸，恰巧看见邹副所长一对眼睛透过镜片直勾勾盯着她。燕慧的心当即就会怦怦怦乱跳起来。

那天水开了,燕慧去邹副所长屋子冲开水,邹副所长脑壳埋在书里,手往杯盖上轻叩两下,燕慧揭开杯盖,往杯子里斟满水,正在盖杯子,邹副所长一只手臂揽了过来,搂住了燕慧的腰肢,满脸笑微微双眼色迷迷地瞅着她。燕慧惊慌地喊一声:

"要不得!"

"有啥要不得的!"燕慧绝没想到斯斯文文的邹副所长臂膀这么有力,挣也挣不脱;她更为惊骇的是邹副所长往常在家里是那么知书达理、一本正经的样子,这会儿咋个像变了个人?燕慧气得脸也红了,胸脯在起伏,依她脾气她真想把壶里剩下的那点开水朝着邹副所长兜头兜脑冲过去。但她的手却一松,开水壶落在地上发出"咚"一声响,邹副所长松开手,燕慧疾疾跑了出去,连水壶都忘了拿。身后,邹副所长的笑声"嘿嘿嘿"的,让燕慧直起鸡皮疙瘩。

第 四 章

1

雨丝绵长,雨声淅沥。

山乡里的雨,已经连续下几天了。吃过早饭起,陈碧华抱着娃娃坐在门口屋檐下,一坐竟坐到了晌午时分。断奶不久的娃娃在她怀里睡着了,她机械地抱着孩子,神情漠然,目光也呆滞昏黯。

她就这么坐着。

守着属于杨光宗的这幢砖瓦房子,种的也还是她和杨光宗的责任田、园子土、自留地。但是她和杨光宗的关系,是一点也没有了。

她顶不住杨光宗的谩骂、劝诱、威胁、恫吓和软硬兼施,她也受不了杨光宗天天夜里和凤珍在隔壁毫不忌讳地打情骂俏,寻欢作乐,她害怕事情这么往下拖。

寨子上同情她的婆娘、媳妇、老伯妈们,为

她打抱不平，忿忿然地说，陈碧华哪点对不起杨光宗了？她替杨光宗生下了娃娃，迟是迟了点，但到底是生了啊！她给杨光宗守着这个家，里里外外地忙碌，指望他发财回家，过个安乐日子，哪晓得他在外头赚了钱，裹上个妖娆女人，还公然把那臭女人带回家，要离婚。不能给他离！给他拖，拖他个十年八年，看他敢怎么样！

陈碧华却不敢往下拖了。事情往下闹，最后那层纸，终究要被捅破的。现在这样僵着，她和杨光宗互相都怕着对方。杨光宗怕陈碧华当众说他不会生娃娃，陈碧华怕杨光宗公然说她主动找男人睡觉。从陈碧华心底深处说，她的惧怕还要更大一些。事情闹开来，杨光宗是丢丑、是失面子，可他拍拍屁股一走了事。陈碧华走哪里去？她还得在落月坪活下去，要让寨邻乡亲们晓得她主动找野男人，人们会骂她是烂贱的女人，甚至那些同情她、替她忿忿不平的婆娘媳妇老伯妈，都会鄙视她，反而会讲杨光宗休她休得有理。而更有那些乡间的无赖和粗野汉子，就会来纠缠她。到那时，她如何活得出来？眼看着多拖一天，风骚女人风珍就少一份耐性，她早在那里骂了，骂陈碧华生了曹云春的娃崽，万一让过路的寨邻听了去，那可咋个是好？

忧愤无奈之中，在杨光宗再次来催逼她时，一气之下，她朝杨光宗尖厉地吼了起来：

"离就离！你以为离了男人我就不能活吗？我照样活下去，活得自自在在的。"

杨光宗盯住了她这句话，要她马上在他早就写好的离婚书上签字画押，风珍也跳出来了，她说识时务者为俊杰，离了婚趁着年轻还可以嫁人。陈碧华气得脸都歪了，她当着风珍的面说，要签字容易，但顶着杨光宗名义生下的娃娃怎么办？她是为杨家有个种才做出那件事的。

也不知道风珍听懂了没得，反正杨光宗大包大揽地说，只要扯出离婚证，要点钱的事好说。

在陈碧华随杨光宗到乡里办离婚手续时，凤珍没有同行。陈碧华抱着最后一线希望问：

"你就不怕绝后？"

她的意思再明白不过了，杨光宗和她生不下娃娃来，和凤珍照样生不下娃娃。莫非城市婆娘没娃娃，就没人讲？哪晓得杨光宗呵呵一笑，倒转来讥诮道："你看凤珍年轻么？她也是离了婚的，身边早有个儿啰！"

这就是说，这龟儿子娶了凤珍白捡一个儿！陈碧华的脸都气青了。直到此时，她终于清醒地意识到，她担惊受怕、她费尽心机、她冒着众人的诅咒谩骂之风险生个娃娃，到头来是竹篮子打水一场空。非但杨光宗据此抓住理同她离婚，离了婚这娃娃还是她的累赘，她的负担。

杨光宗倒是说到做到。离了婚，给她丢下四百块钱，就和凤珍回城市去了。只扔下一句话，落月坪的房子，她愿住多久住多久。她若不住了，去给他的堂兄弟打声招呼，她就可以走。

走？陈碧华能走哪里去？离婚后过着这一冬三月,夜深人静时,来敲她窗户想赚便宜的男人是有。可真心请媒人来的,却是一个都不曾有。陈碧华心里清楚,拖个细娃嫩崽,正经想讨婆娘的男人,哪个会要？

　　她的日子,不但过得孤独、寂寞,简直是到了凄清、可怜的地步了。

　　她悔啊,悔不该为替杨家留个种,厚着脸皮去钻曹云春的被窝;悔不该在怀上娃娃以后,怂恿鼓动杨光宗进城市去赚大钱。她该想着城市那花花绿绿的世界,是会将男人的心染黑的。

　　冬日夜长,春天草丰水满。天一落雨,节气也还没到,农活本也不多。俗话说,阳雀开口地皮松。那些可干可不干的活路,陈碧华都任其丢弃,不想去干了。她和娃崽俩,能吃多少东西？况且干那么多活,累得要死要活,她又图个啥？她变得慵懒呆滞,变得迟钝冷漠,变得好思多想却又整日昏昏糊糊。天天陪伴着她的,就是她的娃儿,这个还没顾上替他取名字的娃儿。做活路她背着他,闲来她抱着他,夜间她偎依着他。为这娃儿,她熬更守夜耗尽了心血。而如今,娃儿连爹也没一个。

当初为怀上他,她是如何地不顾一切啊!

癫狂疯痴的一夜过去了。落月坪的公鸡此起彼伏地啼鸣起来,陈碧华缩着身子跳起来,忙乱地往身上穿着衣裳。

睡眼惺忪的曹云春问她慌啥子,她讷讷地说,不能让寨上人察觉这事。曹云春坦然地笑了,问她愿不愿随他出门去玩?她迟疑了一下,竟然点了头。不是她贪玩贪欢,她是怕只同曹云春睡一晚,仍然怀不上。曹云春照样四仰八叉地睡在床上,喊她快趁着天没亮透,出寨子去麻栗街上等他。他带她去城市耍。

他果然带着她去了城市,带着她耍了好些地方,公园,电影院,宫殿一样的饭店,她这一辈子,都还没那一个星期玩的多,过年过节,也没那一个星期里吃得好。她好喜欢,好高兴。白天她随曹云春尽兴地玩,晚上他们双双宿在一家旅馆里,曹云春包了一间房,那间房里有电视机,还有洗澡的白瓷大盆。

最后那天早晨,陈碧华在旅馆醒来,曹云春不在了。桌子上留着一张条子,一张客车票和拾块钱。条子上写,他要去忙生意,坐火车走了,旅馆的住宿费已经结清,她可以回乡下去了,客车票替她买好,是有座的。拾块钱是给她路上买吃用的。

陈碧华像失落什么贵重东西似地木呆呆坐了一阵,但也没多少痛苦和失望,她跟着曹云春出来为的就是怀个崽,她并不图他更多的东西,这七天里他们天天夜里睡在一起,要有的话该有了。

服务员进门来收拾房间,陈碧华醒悟过来,收拾起东西就去客车站。这些天里在城市玩,她已经熟识了一点路,不怕走错了。

坐上客车她直接回了娘家,本来她就同杨光宗说好是回娘家去的。在娘家住了十多天,回落月坪之前本家嫂子陪她去医院检查,诊断为啥结婚几年不生娃娃,哪晓得检查的老中医一搭脉,就向她道恭喜,说她不消检查已经有了娃娃。

　　陈碧华当初是如何地欢天喜地啊。她终于明白了是咋个回事。回到落月坪她把欢喜埋在心底,为不使杨光宗以后怀疑,回家那几天她夜夜缠着杨光宗。一个多月后她告诉杨光宗有娃娃了,杨光宗满寨去说,丝毫没怀疑她的不轨举止。怀孕那些日子杨光宗侍奉她像皇后一般,重活不让她干大力不让她出,尽喊她吃鸡蛋喝肉汤。她以为一切瞒得天衣无缝,杨光宗永远不会晓得她的秘密。谁知恰恰就是曹云春喝醉酒当着杨光宗道出了真情。他嘲笑杨光宗娶了个乡下的风骚婆娘,杨光宗不信他竟然说陈碧华屁股上有颗黑痣。当杨光宗回来离婚道出这一切时,陈碧华残留在心灵深处的对曹云春的那点好感和怀恋彻底地消失了。她明白那回随曹云春出去,只不过是让曹云春耍了一盘。若是生下娃娃后她不劝杨光宗去城市,她也不会落到今天这个地步。可确是她劝杨光宗去的,她还一再在他耳畔讲,她当时只认定有了娃娃有了砖瓦房家里还该有钱,有大把的票子那日子才会过得舒心过得欢喜,不是有好些乡间汉子跑进城市赚钱回家吗?她万万没想到……唉,回想这一切真像是梦,一场可怕的梦。

泪水顺着脸颊淌下来,枯坐在门口屋檐下的陈碧华毫无觉察。她仍然沉浸在苦痛的回味之中,她仍然在懊悔不迭。

有脚步声传过来,是男子汉的硕实沉重的脚步声,穿的是齐膝盖的雨靴,踩在青岗石的寨路上,踢踏踢踏响。风吹得斜斜的雨帘中,那人竟没戴一顶斗笠,蓑衣更没披。这会是哪个呢?

陈碧华抹了一下脸颊上的泪水,抬眼望去,

那人从院坝门口走过去了,他没侧转脸往这边望一下,他只是不急不慢地走着,脚步沉稳踏实。

陈碧华的眼睛辉亮了一下,她认出来了,这是于万臣,是个苦命的男人,让他婆娘温小琼给耍了。温小琼哄他出门去干活,自己在家偷汉子,她才是真正偷汉子,让大伙儿当众抓了。这武高武大的汉子被喊回寨子,一不去找金鸡塘侯道州算账,二不打骂温小琼,三不断然提出同婆娘离婚。住在他哥家里,他哥嫂都是落月坪的本分人,没听说他们怂恿他去捶打责骂温小琼。他呢,闷沉地过了两天,又背上一背篓石头,离寨走了,把他婆娘扔在家里。寨上的人都说这汉子是气憨了,出门去不带米不带包谷,倒带走一背篓石头。

这些天他来往于乡间和城市之间,像是给落月坪乡间带来一场地震。人们都在传他靠着水石发了大财,陈碧华听闻总是将信将疑。发财有那么容易吗？他每次回乡间，仍然住在于万功家，不同温小琼住在一起，那倒是真的。

陈碧华把睡熟了的娃儿抱进屋，出后门上于老大家串门去了。过去，没娃娃的时候，她也是爱去他家的。

"你来得正好，碧华。"于大嫂见她走进院坝一点没显诧异，仿佛她不是好久没来了。于大嫂犯愁地指着绳子上晾起的一套西服，皱眉道："你瞧，万臣兄弟去城市时穿的，穿在身上周周正正的，脏了脱下来一洗，变成了这副模样。还是什么上海出的呢，尽蒙我们乡下人。"

是的，晾起的一套西服，皱皱巴巴，活像坡上百年老树的皮，难看极了。陈碧华拧着眉毛瞅一阵，想不透是咋个回事。

于大嫂还在嘀嘀咕咕抱怨："另外两套，我都不敢落水洗了。一会儿你进屋去看，还有一大堆白衬衣，袖口领子都脏了，我也不敢洗。拿到溪流河沟头一洗，白衬衣变成花黄花黄的了。

可万臣兄弟说，穿那鬼西服，还非得配白衬衣不可。"

于大嫂的话使得陈碧华多了一个心眼。她想起随着曹云春在城市耍的时候，看到城市里头有洗染店；她又想起赶场天在麻栗街书摊摊上看到一本薄薄的书，书名好像就是《怎样选购洗涤保养西服》。陈碧华多了一个心眼，既然城市人要把西服送进店子去洗，既然如何洗西服可以写进书，那么这种西服和一般衣裳的洗法肯定有点不同。想到这里她对于大嫂说：

"你不忙洗，隔天让我来想想办法。"

于大嫂朝她直眨眼皮："你晓得啥诀窍？"

她笑而不答。

赶场天她背着娃娃走十三里路到了麻栗街，在书摊摊上买下了那本小册子。不待往回走她就读完了关于洗西服的那几页，她上百货店去买刷子，干洗药水，还有几副衣架。小册子后头附有洗白衬衣、洗毛衣、洗腈纶衣的方法，陈碧华还买了漂白粉和乡间裁缝才有的熨斗。

当她把洗刷一新、笔挺笔挺的三套西服和一大叠折得齐崭崭的白衬衣送到于万功家去的时候,于大嫂惊得眉毛像雀翅般直扬,连声道:

"真稀奇,稀奇! 你是用啥子办法洗的? 这么平顺,这么雪白。唉,怪万臣兄弟没福气呀,摊上温小琼这么个婆娘。他若遇上了你,哪里还消我这当嫂子的来替他操心? 钱,好多钱? 你花了劳力,万臣兄弟会付钱的。"

陈碧华极力推辞,一个寨上住着,帮这点点忙,她能收钱吗? 她也佯作没听见于大嫂感慨道出的心里话。她笑朗朗道:"我这种苦命人,哪还敢有什么奢望? 只求有难处时,万臣兄弟能帮衬一把,就千恩万谢啰!"

话是这么说,当天夜间,陈碧华对着屋子里唯一的那面圆镜梳理稍显蓬散的乌发时,她端详着自己的脸貌,不时扬起自己长长的眉毛,睁大那双顾盼流转的眼睛,她相信她仍是妩媚的。

从今往后,她再不能昏懒迟滞地打发光阴,再不能木讷呆痴地消磨时间,更不能整天价垂着眼睑昏昏欲睡。她得振作起来,她要使脸颊上恢复青春的光泽,她要使双眼重新闪烁出神采。于大嫂不是肯定地一迭连声地道:

"万臣兄弟会帮忙的,求到他,他都会帮忙的。真的!"

2

崔玉昆和寨邻乡亲之间的接触不多,信息也不灵,踏着稀湿的寨路,听雨点落在斗笠上奏出杂乱的小鼓,绕过大半个寨子,还跨过溪水中的石磴,走进蒿竹林旁那幢砖瓦小院,她才晓得白走了一趟。

她是来找于万臣的,但是张嘴喊,她还是喊温小琼。温小琼瘦得怕人的脸探出来,吓了崔玉昆一跳。不过崔玉昆并不同情她,哪个喊她骚呢?男人不在屋头,她就守不住,约娘家寨子上的小伙子来睡,当人暴众被拖出来,她的脸自然无处搁。落月坪寨子上,大人娃娃、男男女女没一个搭理她。崔玉昆忽然生出了股自豪感,脸也仰得高了。和温小琼比,她堂堂正正的,当然比她高出一头。

温小琼笑容满面地跑出来,热情地连声招呼:

"是玉昆啊!快进屋头坐,快进来。瞧你,落雨天,你也不披件蓑衣,裤管都溅湿了。屋头有火,快进屋烤烤。"

她边说边招手,喜吟吟地像迎稀客。

"不坐了。"崔玉昆站停下来,任凭雨点仍然在斗笠上洒沙子,她决定开门见山:"我是来找万臣兄弟的,听说他从城市回来了。"

"回来了?"温小琼的脸当即阴沉下来,眼神里一片茫然,原来她还不晓得自己男人回来了。崔玉昆瞅她神情,不由一阵失望。刚要转身走,温小琼又说了:"他住在哥家。你到万功家去一趟罢。要不，玉昆，雨下得大，你进屋头坐一会吧。"最后那句，她几乎是哀求般说的。

"不坐了!"崔玉昆走了冤枉路，感觉晦气，她连眼角也没瞅温小琼一下，转身边走边道，"我去他哥家，找万臣兄弟打听点事。"

"那你慢走，有空来屋头耍。"温小琼还在背后说，仿佛一点都没觉察崔玉昆的冷淡。

崔玉昆连出气哼都没哼一下。做女人，做到贱得像温小琼这地步，活起来还有啥滋味!崔玉昆叹出一口气，似是为温小琼，其实也是为自己。

她的滋味就好受吗？去年听了邵燕慧的话，大着胆子去城市找李志荣，见着了男人，她心头的猜忌、不安全都消失了。李志荣很快给燕慧妹子找着了帮人的活路；李志荣给了她一把钱；李志荣天天陪着她和小羊羊在城市里玩，进大剧场看电影、进饭馆吃炒菜，买各式各样的点心：豆腐圆子、羊肉粉、肠旺面、荷叶糍粑、毕节汤圆,还吃火锅"麻、辣、烫"……吃得饭也吃不下,又去玩了公园,坐了游船和电动缆车。看着他流水似地花钱,崔玉昆心痛。既然他们领导说保管房不能住家属,让他住下已经是照顾了;既然睡一晚闷人的小旅社要三块钱,那又何必在城市多待?是崔玉昆催着李志荣回落月坪去的,她见着了男人,小羊羊看到了爸爸,李志荣对她娘俩贴心贴肺,没像杨光宗一样裹上坏女人,崔玉昆也就放心了。在城市里整天耍,花那么多冤枉钱干啥呢!李志荣怕她们在路途上出事,还特意请了假,送她和小羊羊回寨来。到了屋头,重一点的活他抢着干,借马车拖来了煤,给圈里垫满了干谷草,还用黄泥涂抹了墙上的裂缝。崔玉昆欢欢喜喜,和男人过了半月。李志荣说,他在伙食堂负了点责,还管账,耽搁久了,人家以为他不干了,另外雇人,他就赚不到钱了,得回城市去。他还说,进过一趟城,认识路了,以后若是想去,先给他写封信,说定日期,他可以去车站接。崔玉昆哪里还愿带着小羊羊坐车呕吐遭那份洋罪？她说不去了不去了,去了没地方住,一天还尽花钱。过大年时,只要他回来就成了。

李志荣一口答应,说他赶回家来过大年夜,给小羊羊买来新衣裳,还给玉昆扯一段布料。临走,他塞了一百块钱给玉昆。

于是玉昆开始盼过年。

过年李志荣没回落月坪,只是寄来一段布料,一套新童装,写回一封信,说伙食堂事情多,年终还要结账,白天黑夜都忙。等以后空闲下来他再回家。

落月坪寨子上,喊喊喳喳的议论又起了,说啥的都有,就是不当着崔玉昆的面说。崔玉昆走近三个妇女一台戏的婆娘堆堆,人们热烈欢畅、忽高忽低的说笑声就戛然停下来,大伙儿瞅她的眼神,也有点异样。

崔玉昆的心头重又七上八下地犯起了嘀

咕,李志荣再忙,年总是要过的吧? 莫非城市人不过年? 还有,他去城市那么久,到底赚了多少钱,他一点没跟她说起。当初喊他出门,是指望他赚笔钱来翻盖房子,为啥他这回始终没提这话头? 临走他给了她一百块钱,难道他出外干那么久,就只攒下这点儿钱? 其他的钱,他放在哪里? 花到哪里去了?

越想心头越不踏实,越想晚上越睡不着。

春天了,要翻要犁要栽插,都是男子汉的活路,李志荣过年没回家,春耕大忙时节,他总该回寨来帮一手吧。听说于万臣从城市回来了,过不几天他还要去,崔玉昆决定找着他,让他到了城市,多走几步路,找到李志荣,喊他务必回家来一趟。这回,崔玉昆还多了一个心眼,她要请于万臣暗访一下,李志荣在那个伙食堂,到底赚多少钱一月,人家进城去打工的,都有钱汇回家,他咋总是没钱寄回来。在一个寨子上住着,她相信于万臣不好意思拒绝她的要求。

雨仍在下，是春天里的雨。村寨上的一切，全都笼在雨帘中；村寨外头，那远远近近的山头，全让雨雾遮去了，啥面貌都看不清晰。

3

由原先的嫌弃、厌倦，逐渐逐渐变得不安、疑惧。温小琼只要一想到于万臣，心头就有些怕，有些惶惶不安。这情形是如何发生的，她自己都讲不甚明白。

她同侯道州当众出了丑之后，于万臣被喊回家来。温小琼准备着被男人恶声臭骂，准备着挨他的拳头，准备着他提出离婚……最坏的无非就是离婚。离了好，离了她干脆去找侯道州，同他在一个屋檐下过日子。反正他是个独苗苗儿子，他要怎么干，他的父母都会依。

谁料于万臣回来之后，就好像没她这个人一样，把她晾在一边，理都不理她。他住在万功家，听他哥嫂讲这件事，听寨邻乡亲们讲这件事，自己一声不吭。既不说要把婆娘捶个半死，又不讲要同温小琼离婚，急得郭世贤老汉双脚跳，挥舞着拐杖朝他吼：

"于万臣，自古到今，老子从没见过你这样的窝囊废男人，温小琼做出这种伤风败俗的事，你还留她在屋头干啥？菩萨样供着吗？给我打，给我揪着她头发满寨抽耳光，给我把他休了，重新娶个黄花闺女。"

几天过去，确信于万臣不会采取任何行动的郭世贤，在大院坝里仰天长叹："男子汉大丈夫，成了软壳蛋，成了缩头乌龟，成了怕婆娘的软耳朵，造孽啊！山寨上的风俗，全让于万臣这憨小子给破坏啦。"

开初几天，提心吊胆熬过去，温小琼还有点暗暗生喜。看来，于万臣是不会赏她拳头了。又过几天，他离寨走了。走之前回家来一回，明明见着了温小琼，他却连眼角也没闪一下，找了一只结实的背篼，水没喝一口，烟没抽一杆，他就转身走了。后来听人说，这回他去的不是矿山，是城市。走时背了满满一背篼当地人见到就讨厌的水石。

　　没挨骂没挨打，更没向她提离婚。温小琼听说男人埋着脑壳背走一堆石头，心头第一回觉得有些隐隐的不忍，觉得对不住男人。她想，这一走还不知他何时回来呢，不是伤透了心，他会这个样？

　　不想于万臣去了十多天，回寨子来了，回来就像疯了一样，放出话说，请寨邻乡亲们帮忙捡水石，捡一吨给十块钱，他要 10 吨。落月坪团转的山岭上，满坡满岭都是这样的石头，往常犁田耙土遇上了，大伙儿都要把它捡丢出来，怕这坚硬的石头咬了锄头、犁铧。听说这种石头能换钱，信他的人不多，人们反而说他是给背时婆娘温小琼气疯了。但是捡了石头去的，他当真给钱。没几天，10 吨石头凑齐了，他又不知从哪里邀来两部大卡车，把 10 吨石头运走了。他也

104

坐进驾驶室,跟着一起去了。

他这乖戾、荒诞的举动,引得落月坪满寨老少猜测、议论了好久。

众人都没闹清他那葫芦里卖的啥子药。他又回来了,回来后仍要收购水石,这次不是要10吨,而是100吨、1 000吨,有多少要多少。有人说,他在信用社贷了好几万块钱;有人说,他在麻栗街上挂出了牌牌,领取了经营执照;有人说,真没想到,一个婆娘都整不住的于万臣,把落月坪、麻栗乡团转的山山水水都搅翻了。

石头可以换钱,这本来就稀奇。现在听说于万臣100吨、1 000吨石头都愿收,那么就是说,石头不但能换钱,换来盐巴钱、酱油钱,还能换来大钱。要晓得,落月坪周围的岩山,有的整座整座山都是这种水石啊!打上炮眼,塞进炸药,点起放一炮,崩下的石头就是好几吨,好几吨石头,那不就是好几十块嘛!

于万臣给偏远、荒寂、闭塞的山乡刮来了一

股旋风。不,是风暴。

温小琼觉察到一点变化了,如今她走在寨路上,寨上的婆娘们不再对她斜眼蔑视,不再指桑骂槐、冷嘲热讽地诅咒她了,她们虽然仍不搭理她,但是瞅她的目光,要平和得多了。至于那些曾在她背后吐口水、跺脚的汉子,现在更没时间聚在坝墙脚、大树下东家长、西家短大摆龙门阵了,他们从一大清早起,就忙着去开石头了。

天天有关于于万臣的传闻,她的男人在落月坪、金鸡塘乡间,给人们传神了。人们说他这回干的是大事业,人们说他赚的钱兜里揣不下,数也数不清,尽从银行、信用社过账。人们说他出门穿西装!买衬衣一买就是几十件。卖石头给他的农民们,时常见他从信用社取出一厚迭一厚迭的大票子,满不在乎地付给众人。

惟独温小琼,仍像幽灵似地生活在蒿竹林旁的砖瓦小院里。没人搭理她,没人朝她露个笑脸,她也无处可去。自从她和侯道州的事传开去,金鸡塘娘家她爹喝足酒已经放了话,不认她这个闺女,她若敢回去,就打断她的脚杆。她还有什么脸面到金鸡塘去呢!

时已近初夏,门前那条溪河水溢得和石磴磴差不多高了。太阳光照耀下,那淙淙潺潺的流水,显得特别清澈明亮。

温小琼提着潲桶,到院坝侧边的猪圈门口,把猪潲倒进食槽,取下栏板来喂猪。几个在溪河石磴边清衣裳、洗鞋袜的婆娘媳妇,正尖声拉气地摆谈着,声音直往温小琼耳朵里灌:"……听说了吗,嘻嘻,同杨光宗离了的那个陈碧华,先是得空就往于老大家钻,后来干脆直接找了于万臣,央求他给碗饭吃,找个活路。"

"你晓得啥呀,我是亲眼见的。那天我正在园子里淋粪,隔着坝墙,听得一清二楚。于万臣顺着寨路走过来,前后都不见人,也不晓得陈碧华是从哪里冒出来的,多半她是早在角角上等着的。于万臣一走近,她抱着娃娃,没说话先就

'啪嗒'一声,朝万臣兄弟跪下了……"

"好贱啊!"

"换了我,饿死也不求和自家无关的男人。"

"你们懂个啥!陈碧华哪是穷得过不了日子,她图的是万臣兄弟这个男人。"

"嘻嘻嘻……"

"哈哈哈!"

"他俩倒也般配,一个让男人休了,一个婆娘偷汉子丢尽了脸!"

"怕只怕,万臣兄弟腰包包揣满了钱,不会搭理陈碧华这个二婚。"

"你晓得啥,俗话说,'人怕伤心,树怕剥皮。'两个伤心人在一起,才有话说哩!万臣兄弟没听陈碧华讲完,就把她招进他那麻栗乡矿产经营部了!"

"干柴遇烈火,只怕晚夕都在一个铺上安逸罗!"

又是一连串放肆的哄笑。

倒进食槽去的一桶潲,早给两头大肥猪和几只小猪崽狼吞虎咽地吃完了,温小琼却浑然不觉,直到一头等得不耐烦的肥猪脑壳不住地拱着她手中的空潲桶,她才警觉过来,赶紧回屋去舀猪潲来喂。

喂了猪,温小琼再撑不起一点力气做其他事,她耷拉着双肩,坐倒在板凳上,懒神无气地木然呆坐着。

溪水边婆娘们嬉笑般说的话,一遍一遍地在她耳畔回响。她的身体像被烧着了,不,她的心像被烧着了,她气恼,她委屈,她又无奈。老话说得好,"人不习正,走到哪里那里恨"。温小琼头一回感觉到自己的软弱和失去人心的痛苦,她也头一回意识到于万臣的惩罚比起其他男人的咒骂、毒打、侮辱还要厉害。不是么?作为一个新婚时间不长的年轻女人,她需要男人的体贴和抚慰,尤其是夜间,她喜欢扑倒在男人的怀抱里。可于万臣连家门也不进,那个侯道州,似乎是被吓破了胆,更不敢从蒿竹林里踅来了。事情败露那晚,瞅着侯道州在众人面前磕头作揖,卑躬屈膝的可怜相,温小琼打心眼里嫌弃和厌恶。而事后她设身处地替侯道州想想,便也谅解了他。他不求饶,又能怎么办呢?

想到自己一日接一日地守着寂寞、守着孤独过着无人关心的日子,而于万臣在外头的事业干得轰轰烈烈,热火朝天,温小琼不免感觉凄凉悲哀,度日如年。现在又乍然听说,和人离婚的陈碧华缠上了他,她好像被人击了一棍般清醒过来,是呵于万臣有了钱,财大气粗,众人又都晓得他夫妻不和,那些贱女人们不缠他,那才怪呢!他尽可以在外头花天酒地像杨光宗一样找妖娆女人;而她呢,孤零零一个没有任何人来过问。这种想法刺激着她,使她愤怒使她烦躁,使她深深地感到屈辱。不,她不能这样子空守下去,不能活得如此没有指望如此窝囊,她要去找于万臣,和他桥是桥、路是路地扯清楚,刀劈柴棒图干脆,她不图他的钱财,不图他的名声和房舍,他要不愿同她做夫妻,他们可以像杨光宗和陈碧华一样办离婚,办了离婚,他可以去端杨光宗的洗脚水,把陈碧华娶回屋头。她呢,也可以堂而皇之地嫁给侯道州,哪怕这侯道州已不像原先一样令她感到十全十美。

温小琼是个想到了就要去做的女子,她坐不住了,出丑以后她头一回对着镜子经心地梳洗打扮,她穿上崭新的料子裤,穿上带碎花儿的长袖衬衣,她要堂堂正正像个人一样,站在于万臣面前去和他扯皮绊。打扮好了,对着镜子左照右照瞧着满意,临到出门,她才想到不晓得于万臣在哪里,是在落月坪,还是在麻栗街,抑或是在城市。迟疑了片刻,温小琼想到了于万功,于万臣走到天边,大哥是会晓得的。于是温小琼,走出家门,直接就往寨上于万功家院坝走去。她对大哥大嫂还有着一层好感,尽管是他领着人抓了奸,出了她的丑,但大哥大嫂没由着

111

寨上人的兴致乱来，没捆起她来游街，没把她剥光衣裳和侯道州双双绑在树上，更没拿绳子拴着她乳头押去金鸡塘。这种事即使在金鸡塘寨上，温小琼当姑娘时都是亲眼见过的。况且，她总怀疑像大哥这样老实巴交的农民，会想得出捉奸的主意。多半是侯道州的行踪让人察觉了，吃饱了没事干的人们怂恿大哥出头来抓奸的。因了这些缘故，温小琼在走进大哥家院坝时，还能朝着他一家人仰起脸来，讲明自己的意图。

"噢，你今天是来巧了！"大哥正在院坝里搓一根拴牛的棕绳，嘴里衔一棵四五寸的短烟杆，听清是她的声气，眼皮也没抬一下说，"他昨晚回来了，在屋头住。"

温小琼急不可待地问，声气也提高了："这么说他在？"

"不在屋头。"初夏天了，大哥还扎着头帕，脑壳晃了一下，头帕松下来，大哥将正搓的棕绳搁膝盖上,腾出双手扎紧脑壳上的头帕,温小琼看出他皱紧眉头在思忖,她的心"咚咚"跳,他终于说了,"吃过早饭,他去陈碧华那里了。落月坪团转的水石,都由陈碧华代他收。"

温小琼心头还是抽搐一下,只简短说声:"那我去找他。"转身就走。

他倒自在,大白天地去找离了婚的婆娘。温小琼一路走去,一路气咻咻地想。

还没走进陈碧华家院坝,温小琼远远看到堆得满院坝的水石,她这才想起陈碧华是于万臣雇的人,这离了婚的女人真的在帮于万臣做事。大哥没说假话。温小琼心头酸溜溜的,她急促的脚步不由得放慢了。

杨光宗当初盖得气派堂皇的高高五级台阶上,于万臣坐在一条板凳上,怀里抱着一个小娃儿,那一定是陈碧华替杨光宗生的娃娃。太阳光照着大人娃儿的半边身子,温小琼的双眼瞪得溜圆,看到这一情景,她陡地想起,结婚一年多了,作为婆娘,只顾图自己的欢乐,她还没替于万臣生下一个娃娃。她感觉气短了,她有点怯懦了,她几乎是掩蔽着自己的身影,走过了陈碧华家院坝墙脚。正在那里犹豫着该怎样闯进去,她听到了一个熟悉的嗓门:

"爹病得睡倒了,要钱来抓药吃。万臣哥,我求你了,医生说,不赶紧抓药来,爹要瘫。万臣哥,求求你了,你收了我的水石,开恩给笔钱吧!那药金贵,要的钱多,我若抓不到药,爹真瘫了,我们侯家就全败了。呜呜……"

天哪!这是侯道州,他一边求人,一边在呜咽抽泣。温小琼的发根刹那间全竖了起来,坝墙垒得高,她看不到侯道州的身影,但她眼前一次又一次地重复掠过侯道州在被抓奸那天跪倒在地求饶告罪的可怜模样。温小琼的眼前进散着金星,她几几乎站立不稳,她的身躯靠在坝墙上,闭紧了双眼。

"去罢,你把水石运麻栗街去,照数付钱。"

114

这是于万臣在说话。

"我早运去了,经营部的人不收。万臣哥,我对不起你,我不是人,我连牛马畜生不如,求你了……"

"算啦! 你去吧,就讲是我说的,收。"

"口……口说无凭啊……"

"好! 我替你写张条子,要多少钱,你先支,以后再交矿石。"

"多承、多承你了,万臣哥,你是大菩萨,你能活一百岁,我今生不能报答你,来世一定……一定……"

温小琼把双手食指堵进耳朵,她不要听这些话,她不相信这一切是真的。如果是旁人传给她听,她一定以为那是人家故意编来刺激她,报复她,可这事偏偏是她亲眼所见,亲耳所闻,报应,这真是报应啊! 她还指望和于万臣离婚,她还做白日梦去同侯道州做夫妻。现在她该咋个办,男人晾着她,情人靠不住,娘家人和她断了来往。她无路可走，她无处可去，她只有凄苦无依地守在蒿竹林旁的小屋里。于万臣在乡间干得愈红火愈见颜色，她就愈遭人唾弃，遭人耻笑。

不，她不能这样子做。她睁开眼睛，白花花的初夏的太阳光像千根万根细针扎着她的眼脸，她双手掩上了脸，她想哭，眼睛里却没有泪。一个温声和气的嗓音传进她的耳朵："来，让我来抱娃娃。"随着话音，还拍了两下巴掌。温小琼听得出，这是陈碧华在说话。

于万臣笑道："你忙吧！这娃娃不嫌我陌生呢！瞧，他在笑。"

"那你……把衣裳脱下来，我替你补一补。看嘛，这里都撕出一个大口子了。"

陈碧华的声音，听去是那么温柔关切。同她往常说话，不大一样。

温小琼的身上一阵燥热，心里像爬过虫子般地不舒服。那些女人们没说错，陈碧华是想填补她温小琼空出的位置哩。瞅他们处得多和睦、多融洽、多亲热！

一股妒火从她心头直往上冒，她想冲进去撒泼，她想劈头盖脸朝着风骚婆娘陈碧华一阵痛骂，可她脚一动，脚弯子里是软的。她想到了她和侯道州的丑事，她无权去咒骂于万臣，她更没脸骂陈碧华，在落月坪，陈碧华的名声比她好，比她遭人同情。但她实在不愿就此静悄悄地忍气吞声溜走，她得让于万臣晓得，他的举止行为她是知道的，她不是憋包不是啥都蒙在鼓里。她是被逼到绝路上了，她还是要强。

怀着股莫名其妙的心理，她疾步朝陈碧华家院坝里走去。她走得像一阵风，跃上院坝的时候，陈碧华看见她陡地一怔，脸上挂着尴尬的笑，身子赶紧偏离了于万臣一点。于万臣冷丁见到她，也有点愕然，拧着眉毛，拿眼角扫着她。

"于万臣，你汉子人行事，就该堂堂正正的。"温小琼自己都想不到说话嗓门会这样尖脆,"你要另外找女人,你可以休了我嘛。你……你为啥还缠着我?"

温小琼控制不住自己,说这话时,两眼噙满了泪,充满了委屈的情绪。她激动得胸脯都在起伏。

于万臣吃惊地扬起眉毛,他的手愤怒地一甩:"啥子?我缠你?我连家门都不愿进……"

"可你还是我男人不是?"温小琼激忿地抢过话头,她的泪水夺眶而出,顺着脸颊直淌:"名义上我还是你婆娘啊!"

"婆娘,"于万臣冷笑道:"我一想到你做出的事,恶心得就想吐。你还有脸说!"

在他的语气里,透着对她的瞧不起、对她的极度蔑视。温小琼的泪糊了一脸,她忿忿地嘶喊着:

"那你早该和我清手续啊!你为啥还尽拖尽拖……"

"可以的,我们可以去打离婚。"于万臣淡淡地说着，像驱赶苍蝇般朝她挥了挥手。

"啊!"温小琼的眼前一黑，凄厉地锐叫一声，返身踉踉跄跄地跑出了院坝。她只觉得，这一瞬间，她丢的丑比那晚众人捉奸时还大。以往她瞧不起、她怨尤嫌弃甚至厌恶的丈夫，终于占了上风，把她踩到了脚底下。

4

公用电话没人打了，燕慧再次鼓起勇气，往搁电话的柜台走过去，这之前，她远远地站在街角上，犹豫不决地瞅着足有二十分钟了。不是她怕打电话，如今她打电话已经很熟练了。她是怕万一电话打了出去，造成她料想不到的可怕的后果。那就惨了! 不过再细想想，也不会可怕到哪里去，最多她再去找一回令人厌恶的李志荣，他若不给她介绍个去处，她就揭穿他在城市又娶了个婆娘的丑事。

这回机会太好了，有几个人在找营业员买

东西,营业员不会来听她的电话。她得当机立断,她不能这样在吴姨家混下去了。那个邹副所长的论文写完了,却仍旧爱在吴姨没下班时出其不意地回家来缠她,有回她在洗菜,他从身后抱住她,亲她的后颈脖,不是她灵机一动拿湿漉漉的菜淋他,他不会松手。还有一回他硬要把她往床上按,不是凑巧邮递员敲门喊盖图章,燕慧真不知咋个脱身。哦,在乡间她的感情已遭过一回骗,为此她才跑进城市来寻找出路来逃避的。她绝不能再在城市里被人蒙哄被人骗了。一度她曾觉得吴姨家的生活安然、舒适、自在,而近些天来,她恐惧地觉得这个家倒是个陷阱。

燕慧走到柜台跟前了,电话就在触手可及的地方,她没有退路了,她只有孤注一掷,来救她自己,来按她设想的法子打电话。她拿起了话筒,开始拨号,这个号码是她记得最最熟悉的。

电话一拨就通，仅从对方那声矜持的"喂"中，她已听出了是吴姨，但她还是固执地问了一句：

"是吴凤茹同志吗？"

燕慧故意卡着自己的嗓子，而且用读书时学的普通话讲。她在吴姨家讲的，是一口道道地地的乡音。这都是她事前想好的，她不能让吴姨听出声音来。

"是呵，你是哪里？"

"我么，是居民委员会的。我们几次听到你的邻居反映，你那男人对乡下来的小保姆，有些不规不矩的举动。你可要注意啰！"燕慧鼓了很大的勇气，才把这句话说完。说到后半截时，她有些急促了，急急忙忙讲完，不待吴姨有啥反应，她就把电话挂断了。

付电话费时，她吁了口气。连续想了好些天的事，她终于做了。然后只消在回家之后留神吴姨的一举一动，就能明白这个电话起了啥子作用。这会儿不忙,她得去看一场电影。吴姨在家休息的日子,时常放她出来轻松轻松的,今天也是吴姨提议,她可以看场电影的。

看完电影回家时,她看不出吴姨的情绪有啥波动和不安。只在她换鞋时,她觉察到吴姨正用探究而又严厉的目光盯着自己。

第二天上午,吴姨起得迟。吃完早点,她打电话给单位称身体不适,燕慧洗净碗,吴姨请她陪着去散散步。

她们闲聊着来到湖滨,城市的湖滨是出名的,垂柳依依,波平如镜的一池湖水,一直延伸到市郊的山峦脚下。燕慧随吴姨面湖而坐,吴姨用充满感情的语调说,她乡下的侄女来信,想到城市她家里来帮忙,很遗憾,她不能继续雇佣燕慧了。燕慧到她家的时间虽然不长,但她早就看出,燕慧干活勤快,聪明好学,人也忠厚老实,她真舍不得燕慧走。怕燕慧一时找不着可去的人家,她给燕慧另外找了一户。那户人家仅一个老太太,是个孤独的和蔼可亲的离休干部,家务活也不重,燕慧去,更多的任务只是陪陪老人家。如果燕慧不反对,吴姨准备请假送她去。

燕慧自然晓得这一切是咋个回事。这几乎是她设想中最好的结局了。直到此时此刻,吴姨始终不曾怀疑她,她大着胆子抬起头瞅了吴姨一眼,吴姨没有望她,只是微眯着眼,眺望着湖光水色,似对那里出神。

燕慧也把目光投向湖面,离得近了,她才陡然觉察到,那貌似巨镜般平静的湖面,其实还是在舒缓有致地泛着轻波细浪,呈现出生命的活力。

第 五 章

1

樱桃成熟了,红嘟嘟水汪汪地挂满了枝头。随而桃子泛红,那果实一天比一天长得丰实饱满。

随着夏日的来临,陈碧华心头的欲望,也一天天地膨胀着。

不知从何时开始,细算起来大约就是温小琼到院坝里来找于万臣以后吧,陈碧华就萌生了一个念头,她要把自己同杨光宗离婚的真实缘由,给于万臣讲清楚。是的,对这件事,原先她瞒也瞒不赢,唯恐让人晓得了,自己的脸面无处搁,受尽世人的讥诮奚落。而现在,她却认定,跟于万臣讲了,他是会理解她的。她不能再骗于万臣,在婚姻上,于万臣已经遭够温小琼的骗了。你看她温小琼,明明做下了对不住于万臣的事,一点也没悔恨道歉的意思,她相信,温小琼只要向于万臣低头认个错,于万臣兴许还会原谅她的。这男人长得孔武高大,心却像菩萨般好。陈碧华抱着无奈而又屈辱的心情去求他的时候,真没想到他答应得那么爽快。晓得她识字,还会算,他当即委她负责收这一片的矿

124

石。事情并不多,写一个名字,注明是哪个寨子的,大约有多少矿石,凭她的条子,卖主到麻栗街矿产经营部去交矿取钱。同时,有些人家没运输力量,矿石数量又少,她便过个磅。把小宗的矿石代收下来,并开出条子,盖上她的私章,去麻栗街取款。就这么点事,他每月开她一百五十块工资。看她干得好,两个月之后工资就加到二百,惹得周围团转的乡亲们都眼红,编排出好些她和于万臣的流言蜚语。

她是晓得的,于万臣待她这么好,有可怜她照顾她孤儿寡母的意思。她心领。有了钱,她的日子过得顺畅起来,她扯来布料,凭着一双巧手,缝出一件一件合体的衣裳穿戴起来。寨邻们说她显年轻了、漂亮了。照照镜子,她也发现自己的容貌变得好晃人,平和柔静的脸庞上,绯红绯红地泛着青春的光,秀长的眉毛下,一对眼睛又大又明亮,嘴角儿一努,还真妩媚哩。她那颀长的身材本来就直挺挺的,这会儿真有股连自己都惊讶的神韵。她懂得，这都是心头重新燃起了希望的缘故。

她时常在期待于万臣的到来。这男人往常隔两三个星期回寨一趟，住在他哥家里，从来不去溪流边蒿竹林旁他自己的家。每回来落月坪，他都来她这里一次，查看一下她的账和存底的发票，记一个合计数。免遭人闲言碎语，每次他都是大白天来，连屋也不进，只是坐在台阶上，等她拿出账本来，心里存了话，可他真来了，陈碧华又觉得难以启齿，所以几次她都把机会错失了。他一走她又失悔。这回他有一个多月没回落月坪了，只听说他的生意愈做愈大，愈做愈红火，从麻栗街上传来消息，说他新近买回一辆吉普车，雇个司机，每月三百块。想必他更忙，车轮子一转，就要跑县城，跑城市，无暇顾及乡间的一小点生意，更没闲心顾及乡间的人了。陈碧华心里不禁产生阵阵焦灼，她是结过婚的女人，又同曹云春有过那番风情，她懂得男人。

于万臣到了落月坪不回家门,他在外头的排场又那么大,钱多得让寨邻乡亲们编出好些传奇,不会没有女人主动去招惹他亲近他。况且,在城市里像凤珍这类风骚女人还少吗?她们相比,陈碧华在他心目中又算个啥呢?一个可怜的被男人甩了的婆娘而已。她不能迟疑不能犹豫了,她要尽快把自己的心思告诉他。白天,她听说他回来了,她一趟一趟往寨路上跑,一会儿去洗衣裳,一会儿去刷鞋子,一会儿又去漂洗猪草,一会儿挽个提篮到于万功家挨邻的乡亲那里借几斤黄豆,她指望在寨路上碰到他,和他搭上句话,约他来家里。她没失望,在黄昏时她从井台边挑水回家,走过几株连成行的梓木树脚时,他迎面走过来了。她的心"突突突"一阵乱跳,隔着七八步远,她就笑吟吟招呼:"稀罕哪!你好久没回落月坪了。"

于万臣一脸的络腮胡子又长又深,他忙得连胡须都没时间刮。他淡淡一笑:

“明天一早要走，还说这回没时间去你那里了。”

“那你晚上来罢，我等你。”陈碧华心头一急，话就涌了出来。

趁着换肩，她站停了片刻，睁大双眼，痴痴地盯着他。见他点了点头，她不再停留，径直沿寨路走去。走出十几步，她才感觉到自己的胆大，若是旁边有人听见了她的话，不知又该说出多少刺耳的话来，她不由后怕地环顾一下左右，随而又让扁担换了个肩，趁着侧身的当儿，她回头瞅了一眼。她的心“咚咚咚”地骤跳起来。没看到旁人，她看见于万臣正转过身盯着她，他的一双眼睛好亮好烁人。她连忙转过身，疾步而去。挑着的两桶水晃悠晃悠溅出好些水点点，她也没觉察。

从那一刻起，她的心始终盛着啥东西一般，所有的举止、所有的行动、所有的心思全贯注在他晚夕要来这件事上。

晚饭后她哄着娃娃睡,她不想让娃娃吵了和于万臣的讲话。好不容易哄娃娃睡着了,她又赶紧换上一身自己裁自己缝的衣裳,然后散开乌发重新梳了一遍,对着镜子左照右照满意了,她才倒水洗脸。她忙完了,里边外面看了一遍饭前匆匆清扫过的院坝、收拾过的房间,觉得满意了,便端出盛针线的小笸箩,显出很安闲的样子来就着灯芯挑得亮堂堂的油灯光焰绣袜垫。这袜垫是她为于万臣绣的。谁都晓得,在这一片山乡,袜垫是未婚姑娘绣来送给内心中意的未婚夫的。于万臣有了那么多钱,不会在乎这么双袜垫了,但他会从袜垫这信物上,懂得她的心意。

久等他不来。屋外传来风卷树叶的轻响。

油灯的光焰让逐渐深沉的夏夜的风吹得尽朝一边歪,蚊蝇见了光亮直往屋头扑,陈碧华脚上、手臂上、脸庞上、额颅上都让蚊子咬得很难受了。她不时焦躁地站起来,朝门口瞅瞅,又走

129

近窗户去望望,仄耳倾听一番。入座下来,她的身影让油灯的光投射到壁上,格外的巨大。

山乡的夏夜是宁静而又喧嘈的。月亮的光波在寨外阔长的包谷叶上流动,各种各样小虫子不甘示弱地鸣唱着,寨路上时有脚步声响,她凝神屏息地听,巴望那脚步踏进院坝里来。可那脚步声来近了来近了又渐渐远去,她的心绪纷乱,还觉得一阵阵愁烦。于万臣不会来了吧,瞧,夜在渐渐深沉,山寨上好些人家的灯火一盏一盏熄灭了,他成了财主,多少人想巴结他,求他,拉他去喝酒,多少黄花闺女瞄着他呢,他会想到来她屋头?

陈碧华失望地坐下去,拿针在头皮上轻轻划几下,继续绣着那对鸳鸯的巧嘴。管它呢,她反正约了他,来不来是他的事,她得等,等他一整夜。油燃尽了,她再添。

内心深处,她又有另一种欲望,巴不得他晚点来,愈晚愈没有人会看见,她关紧了门,关住

130

了她可以尽兴地摆,把心里话全给他倾倒出来。陈碧华对自己的相貌还是自信的,走南闯北的曹云春都馋她,她不信于万臣的眼睛就看不见。产生这一念头时,身前又掠过另外一双眼睛,那是温小琼怨恨的眼睛,她这样做,是不是在夺她的男人呢?她管不着了,他们不是在闹离婚嘛,尽管拖至现今还没办手续,但他们的情分是完了。谁让温小琼背着于万臣做出那种肮脏事呢?陈碧华认定了温小琼偷汉子和她去找曹云春是两码事,她是迫于无奈,是想替杨家怀上个续香火的后代,是想使她和杨光宗的姻缘美满和睦。而温小琼纯粹是风骚,是寻欢作乐,是贱。她不能顾及到温小琼,丧失了自己的机会。

　　沉思冥想中,脚步声响进了院坝她都没察觉,直到踏上了阶沿石,她才惊觉地站起来,"吱呀"一声拉开屋门。于万臣站在门口,她惊喜地看到,他深长的胡子刮干净了,脸庞上青乎乎一片。她意识到他是为上她这里来刮的,脸上顿时喜盈盈的。

"进屋啊,憨乎乎着干啥?"

她亲昵地说着,伸出手去逮他。仿佛他是她的亲哥。

他进了屋,她重重地把门合上,又出声地插上门闩,似乎要用这故意碰出的响声向他暗示,这屋头就我们两个,不会有外人来打扰。

她请他坐,给他斟上一杯浓酽的茶水,又像往常那样,把这一段时间的账目和发票存根,递给他。

他随便地翻了翻,并不细查,只是将她算好的合计数,记在了他随身带的本本上。凑近油灯光记数时,陈碧华说:

"万臣兄弟,落月坪团团转,四乡八寨的人都在夸你,说你的生意是愈做愈大了,说你这人,不显山不露水的,真是能干。我心里也总在琢磨,这山山岭岭间,遍野的石头,那么多人看见了只嫌它讨厌,你咋个就能想到,它能变成

132

钱呢?"

"那是到矿山去当装卸工,天天和矿石打交道。我一看,好多回装上车皮运出去的,不就是我们寨子团转的石头嘛,就开了窍。"于万臣边记数边说:"起先只是晓得,原来这些石头,还是宝,并没想到换钱。心里说,当个装卸工,凭力气赚钱,可以了。"

"那你还是有心啊!"陈碧华见他一口把小瓷杯里的茶水喝尽了,接过杯子,赶紧替他斟上。

于万臣合起记数的小本本,仰起脸来说:"真想着要用石头换钱,想着发大财,是在温小琼那事出了之后,捎话的人只对我说,屋头出了大事,喊我快回。我还以为是温小琼摔了或是得了暴病,急慌慌往回赶。哪晓得回到寨上一听,是这等丑事,我的心全碎了。骂她打她把她往死里整么,那有啥子用? 她的心不归我,还不是白搭。天地良心,自娶她过门,我是喜欢她的呀……"

于万臣动了感情,声音哽咽了,两眼里泪花儿在闪。根本想不着接陈碧华手头的白瓷小茶杯。陈碧华受到震动,轻手轻脚走近他身旁,把茶杯递过去。他接过茶杯,仰脖就喝。陈碧华收回手肘,碰着了他的肩膀,她的一双粗实的洗得干干净净的手,不由得搭在他的肩膀上。他的肩膀抽搐了一下,却并没闪开,她也就把双手搁在他肩膀上,心里乱鼓般地咚咚跳。她柔声细气地问:"后来呢?"

"我只有一走了之。我还能咋个办?离婚么,人家会说我是被婆娘甩了的,一辈子都将有人指点着我脊梁嘲笑;再说,离了不便宜了她和侯道州?让他俩欢欢喜喜做成夫妻。不!我只有走,混出个人样子来,再理抹这件事。走的时候,我背了一背篓石头,一趟就跑进了城市。矿山上,有人告诉我,要卖石头,得找城市的矿产公司。矿产公司看我一个乡巴佬,还带了一背筐石头,连大门都不让进,那看门的,硬把我堵了出来。我只好把石头背回旅社,甩起空手踅进矿产公司。接待的人对我说,收私人的石头,得找王科长。王科长不在办公室,请你回去,我问王科长家在哪里,他说在解放路 975 号。我又去找解放路,找到了,在解放路上来回跑两趟,问了警察,警察不屑地挥挥手,说解放路只有 780 号,那就是最大一个门牌号码了,哪来的975 号?我晓得又遭了骗,第二天又背起石头,找到矿产公司门口,门房还是堵着门,不让我进。唉,我们山旯旮里的农民,要进趟城做件事,不晓得要受多少气、要遭多少白眼啊!"

说到这,于万臣叹了口气,摸出支纸烟来,叼在嘴上,顺手又掏火柴。陈碧华赶紧拿过油灯来,让油灯的光焰,点燃他的烟头。于万臣深深吸了口烟,徐徐地吐出烟圈来。陈碧华一只手搁在他肩膀上,一只手端着油灯,迟疑了一下,慢慢把它放在桌子角上。她被于万臣的讲叙吸引住了，情不自禁在他肩上摩挲了一下，说："真可怜。"

"是可怜啊。我横下了一条心，非要见着这位王科长不可。每天，矿产公司上班前，我背着石头等在门口，从早等到晚上，一步也不离开，直等矿产公司的人下班走了，我才回旅社。我不信，他当科长的，就会连天连天不上班。就是出远差了，也有个回来的时候呗。这一等，就足足等了九天……"

"那你吃饭咋办？"

"早上赶出来，我就买好馒头、烧饼。到中午了，就啃冷馒头，硬烧饼。那时我身上的钱，全是当装卸工赚来的汗水钱，花一个少一个，哪敢乱花。你想，住旅社要钱，吃饭要钱，在城市，喝口水也要钱。我天天守在矿产公司门口，好些人以为我是叫花子，是疯子。每天晚上去住的那家旅社，更把我当成个傻瓜，逼我住一晚交一天的钱，怕我住久了一趟跑没了影子。嗨，没想到我这倔性子一犟，还犟好了。矿产公司天天进进出出的那些干部中，有个年轻小伙，指着一个走进门去的汉子说：你找王科长，那不就是嘛！我连忙扑上去，求爹告娘地喊：'王科长王科长……'王科长站定下来，没等我说完话，从衣兜里掏张纸条，'刷刷刷'写了一行字，签上他的名字，递给我。那纸条上写着：收此人矿石10吨。他写字的时候，我瞅着他的脸，这个王科长，我蹲在门口天天看见他忙慌慌走进走出，就是不认识啊！"

"从那以后，你的矿石就卖出去了？"陈碧华也替万臣吁了口气，问。

"哪里有这么便宜的事！10吨矿石才几个钱，二三百块。说实话这二三百块钱我打发司机都不够。矿石运到火车站堆场上，我想看看它值不值价，运哪里去。哪晓得在火车站当了半个月装卸工，空车皮开过来，装满矿石运走，来来往往，一天不知要运走多少矿石，可就是没人喊装我那 10 吨矿。时间一久，我到底醒悟过来，你想么，一节车皮可以装 60 吨，谁会为这 10 吨矿，专拨一节车皮。人家王科长收我 10 吨矿，是看我憨，可怜我，打发我走。我灰心失望了，心里说，发财岂是容易的事，老老实实地在火车站上当个装卸工吧，权当干了一回憨事。世上的事就是这么巧，正当我心冷下来的时候，站台上来了一个商品检验局的监测员，他在堆场上的矿石旁转来转去，转到我那无人问津的小堆矿石面前，站停下来了，捡起几块水石，拿出把小锤子敲敲打打，而后对陪同他来的王科长说：以后出省的重晶石，全以这个为标准。你那些大堆大堆的矿石，品位都不高。就是他一句话救了我。王科长当天找到我，二话没说就要订六百吨。"

"唉，真不容易。"陈碧华听着都觉累。

"是啰。凡事开头难，开出了头，干着干着也干出点道道来了。"于万臣说着，把烟屁股扔

138

在地上,随手拿过她搁在桌上的袜垫,端详了几眼,"好漂亮,是替哪个绣的?"

"绣来给你的。"陈碧华一双搁在他肩上的手,不敢动了,声气柔弱地说。

"给我?"他愣了一下,把袜垫放下,"我不配"。

她的心一紧:"咋不配? 你嫌我手工粗糙? 你……"

"哪里。"他垂下了脑壳,一只手举起来抓住她搁在他肩头的手,抓着她的指尖,"不瞒你讲,让温小琼整寒心了,在外头跑生意,我也找女人……"

屋头静得有点怕人,陈碧华忽然感到手脚冰冷,她想把双手移开他的肩膀,但仅移开了一只手,另一只手的指尖,让他揪得紧紧的。她觉得呼吸急促了。这本是她意料中的,但从他嘴里得到证实,她还是惊骇。

"那都是逢场作戏,睡一晚扔下几张票子就

完事。"停顿了片刻他嗓音涩哑地说，"可你不同，陈碧华。你是正派女人，你让人甩了，已经很可怜。我不能再来要你，不能……"

"不，我也不清白，万臣兄弟，约你来，我就是想同你讲清楚这点。我喜欢你，我心头总是牵挂着你，我想挨着你过一辈子。"陈碧华不知哪来的勇气，陡地提高了声音，双臂一环，大胆地搂住了他的脖子，身子一滚，滚落到他的怀里，也许是于万臣对她讲的实话鼓舞了她吧，她把脸挨近了他的面颊，喘吁吁地说，"我不能像温小琼一样骗你、蒙哄你。同你好之前，我要把一切都跟你讲……讲明白，你听我说，听我细细地摆……"

她开始讲了，杨光宗是如何地嫌弃她不会生娃娃，那些有了娃娃的婆娘是如何地鄙视她，她的心里是多么自卑、可怜和无可奈何，曹云春是怎么由杨光宗带回家来的……

夜深人静，从窗户里吹进的风，还带着几分

凉意。伏在屋后南瓜叶上鸣唱的纺织娘,像是唱累了,那声音带点疲倦。

陈碧华讲得慌乱而又前言不搭后语,讲着讲着她的泪水淌出来,由于几乎是扑倒在于万臣怀里,她的泪水不时地糊到他脸上去,糊到他刮得不很干净的粗硬的胡子根根上。他始终一声不吭地倾听着,没有插话,没有打断她的话头,更没像乡间汉子听到和自己亲近的女人出这种事那样忿忿地推开她。她感觉得到他搂着她,她甚至觉察得到他忽缓忽疾的呼吸。当几乎讲完的时候,她已泣不成声,伏倒在他肩头使劲哭了起来,他拍拍她的背脊。她啜泣着问:

"你嫌弃我么?"

"哦不。"

"为啥?"

"你想替杨光宗生个儿,哪晓得偏偏就为这被杨光宗揪住了把柄。"

"那么……你喜欢我?"

他没有答话。她急着要辨清他脸上的表情和眼神，她偏转脑壳，让油灯的光焰照射在他脸上。

他的眼神沉静，若有所思。见她盯着他，他喃喃地说出一句："我们一时间结不成婚。"

这个她晓得，他还没同温小琼清手续。可她管不着了，自从生娃娃以来，她有许久许久没这么近地挨过男人了，此时此刻，几乎和于万臣贴在一起，使得她的心咚咚狂跳，脸上虚红虚红，身上一阵阵烘热，她感到浑身都像在燃烧。她昂一昂脖子，说："我愿意……愿意你喜欢我。"

她移动一下身子，朝着他不停地眨巴双眼，有所希冀地凝视着他。油灯晃悠悠的不很明亮的光焰，忽明忽暗地照着她端庄姣好的脸庞和昂得直直的脖子。当于万臣把手伸来的时候，她转过脑壳，"卟"一声吹熄了油灯，然后张开双臂抱住了他，在他耳畔说：

"我还想替你生个娃娃。"

2

这一阵于万臣回落月坪寨子，回得勤快了。寨邻乡亲们都在窃窃私议地流传，说他和被杨光宗甩了的陈碧华好上了，否则他才不会一趟趟回来呢。

陈碧华这人，还真有好福气呢。要在往常，一个没离婚的男人专去找离过婚的女人，落月坪人都要骂这是对狗男女。但是在对待于万臣和陈碧华两个人的事情上，谁都不曾骂，不曾露出鄙夷的脸相。相反，大家骂的是缺德的温小琼和发财之后就抛弃糟糠之妻的杨光宗。于万臣和陈碧华这一对好上了，好像大伙儿心理上也得到了啥补偿似的。

连寨上最规矩本分的崔玉昆，也这么看待。她不满意于万臣的，是这财大气粗的汉子，老把她的托付不当一回事。她都托他三四回了，让他去城市时,顺路拐到李志荣那里去一下,看看他干得怎么样,到底是为个啥,总是不回家来。吃四岁饭的女儿小羊羊,日夜都牵记他呢！每回于万臣不是说他忙昏了头,忘了拐到李志荣那里去,就是说他最近没去城市。总而言之是得不到李志荣的消息。上次万臣兄弟走之前,崔玉昆不但托了他,事前还找了陈碧华,让她千万叮咛万臣兄弟,帮她打听一个准讯回来。眼看七月十五鬼节已过,马上又要挞谷子收包谷忙开了,李志荣理该回家一趟了呀！

听说于万臣的吉普车又开在落月坪寨外的马车道上停着,崔玉昆顾不得抹过肥皂的衣裳还没洗,冲了一下双手,围腰都没顾上解,就往陈碧华家屋头赶。

于万臣在那里,正同郭世贤老汉闲摆龙门阵,一见她,没等她发问,就推过一条板凳来,大声地招呼她坐,还拎过茶壶,客气地替她倒杯茶。陈碧华闻声也从屋头走了出来,陪她一起坐在板凳上,一只手臂,轻轻抚着她的肩。

郭世贤老汉的一双眼睛,像炭火般在眉毛下头闪烁着,两片嘴唇"巴达巴达"咂巴着叶子烟,吐出一圈一圈浓烈呛人的烟雾。

"你那事,我打听周全了。"于万臣在崔玉昆面前坐下,双手翻着一厚册账本,两眼并不望崔玉昆,只是盯着账面上,像在核实哪笔账,"说真心话,玉昆嫂子,你头回托我,我就打听明白了。只是不忍心同你讲。"

"他……他咋个了?"崔玉昆紧张地问,她眼前闪过男人烫伤或是被车子压倒的惨景。

"他好好的,"于万臣笑了一下,轻描淡写地说,"只是同另外一个女人又结婚了。"

"啊!"崔玉昆只觉得天旋地转,她惊骇地瞪直了双眼,双手掩面,扑倒在陈碧华怀里哭起来:"是真的吗? 真的吗?"边哭她边嘶声问。

陈碧华安抚般摩挲着她耸动的双肩,凑近她耳畔说:

145

"你晓得,万臣不会哄人。"

"呸!"郭世贤狠狠地吐出一泡口水,使劲地伸脚在地上擦着。"那……那我和小羊羊咋个办呀?"崔玉昆哭泣了一阵,陡然仰起糊满泪水的脸,朝着于万臣伸出双手晃动,"你说说……"

"我也这么问过李志荣。"于万臣的脸上一点表情也没有,淡淡地说,"就是这次去找到他问的。他双眼瞪直,愣怔了好一会,说,让她去告我嘛,告了我,我去坐班房,小羊羊还是没爹。"

崔玉昆的哭声戛然而止,她万没想到会听到这么句回话,脸上的表情僵滞了,只有眼泪还在淌。

郭世贤老汉浑身颤抖着站了起来,手里的烟杆半举着,怒气冲天地吼道:

"进城市,进城市挣钱,挣来钱就换城市婆娘。什么花儿草儿,哪有城市繁艳艳的妖娆女人好看呢!玩吧,耍吧,把鲜花嫩草掐净了,剩下的就只有臭花毒蕈子!"

他的脚把铺砌得一溜平顺的石院坝跺得直颤。

3

收了包谷,掖净谷子,田坝褪尽了它浓绿的色彩,坦露出了玫瑰色的胸膛,山乡又迎来了盖房造屋、说媒嫁娶的时节。

寨上传来消息,赚了大钱、买了汽车的于万臣,要重新盖两层楼房了。满寨的汉子都兴冲冲地要照着乡俗去给于万臣帮忙。

温小琼像遭霜打了的花,萎缩得没一点儿生气。她的脸苍白中透着点儿青灰,目光呆滞得如同鼓起不动的鱼眼。于万臣要盖堂皇的二层楼房,必定是想同陈碧华接亲。陈碧华是杨光宗甩了的婆娘,身边还带有一个娃娃,他倒不嫌弃,反而嫌弃她。温小琼的心头酸溜溜的,婚后不久对于万臣的那股怨意,那种厌烦,全不知跑哪里去了。有的只是悔之不迭的歉疚，有的只是不知何时开始萌起的彻悟。

不是吗？她一直在心目中寻找真正的男子汉，能给她带来富足安乐、带来幸福欢悦的男子汉。原先的于万臣使她失望，她找了婚前的相好侯道州。侯道州尽管不富裕，可他多少懂得体贴她，逗她发笑，让她获得满足。哪晓得，事实恰恰击碎了她的预见性，侯道州在灾祸临头的时候，十足是个窝囊废，是个脓包。相反，不声不响的于万臣，倒真正显出是个顶天立地的男子汉。她出了他的丑，他回到落月坪，满寨人都在期待他对她的一场毒打，他却一个指头都没动她，连恶声的咒骂也没一句。他不怕寨邻乡亲们的鄙视，不管一些人的指指点点，他发起来了，以自己的实绩赢得了众人的尊敬。瞧，多少人要帮他的忙，多少人想讨好他呀。是的，他是没打她，也没骂她，可他冷落她，不把她当回事，连话都不同她讲，他甚至不主动提出同她离婚。他的这种惩罚，比骂她打她都更让她难以忍受。他的名声愈大，钱愈多，她的日子愈不好过，在寨邻乡亲们眼里，她就愈显出卑鄙烂贱。她忍受不了这种无人过问的落寞，她耐不住这种压抑的孤独，她想同他去吵同他去闹，可她连他的行踪也捉摸不定，即便晓得他回来了，找上去她的话也说不响。上回她找着他，怒气冲冲地提出办清离婚手续以后，回到屋头她就失悔。她是真想离婚吗，不，离了婚她去哪里？娘家人早发了话，她是回不去的；去找侯道州吗？她认清了他的面目，恶心都来不及；惟独一条路，就是赶紧再嫁，"饭煮二道没得香，女人二婚无人要。"她当"二锅头"，还能嫁个什么好男人？这远远近近三五十里，还有哪个男人能同于万臣比？失悔至极她就怕，她怕于万臣一怒之下真找来打离婚，怕被他甩了。不离婚，她至少还能在这幢小巧玲珑的砖瓦房里住下去，她还背着一个于万臣婆娘的名声；一离婚，她就啥都没有了。再说,她也不能让陈碧华沾尽了便宜啊!幸好于万臣也仅是嘴巴上说说,并没真来同她清手续,事情也就相安无事地拖下来了。消息传来,于万臣要盖二层楼房,温小琼心头又着了慌,这就是说,他要来找她了。同她的手续不清,他是没法同陈碧华结婚的。温小琼又妒又恨又慌乱,一天到晚提防着于万臣找上门来。如同末日临头一般。

越是惧怕的事来得越是快,于万臣果然找上门来了。陪同他的是寨上的老汉郭世贤。眉毛胡子都白了,这老汉还爱管闲事。

"不,我不离婚!"不等于万臣把话说完,温小琼就跺着脚发作般尖叫起来,"砍落我的脑壳,我也不离婚。"

不料这一着还真把于万臣镇住了,他傻了一般瞪着她,说不出话来。

"嗬,偷汉子的婆娘,还是这么一凶二恶的。"郭世贤开腔了,"你还想怎么? 一边背着于万臣婆娘的名声，一边继续偷汉子？跟你说，对付你这等婆娘，山寨上有的是规矩。不离，打得你离。"

温小琼骇然望着郭老汉。

于万臣缓过一口气来："不是你专门找上我，要清手续、打离婚的吗？"言语之中似还有不解之处。

"那是我见你回寨来从不拢家，心里不安逸，故意找着你闹。"温小琼振振有词，"好马还有个失蹄的时候，于万臣，你……你就不能宽恕我的过失？"

郭世贤老汉又吼开了："婆娘让别的男人睡了，比一匹马死了事还大。你还说是好马失蹄，你算是啥好马？你是匹烂母马，下流婆娘！"

"我家的事不用你管！"温小琼被骂得火冒，朝着老汉嚷嚷起来，"这是我们屋头事，两口子的事，你给我出去，滚出去！"

郭世贤老汉气得脸发白胡子颤抖，他倒举

起烟杆,厉声吼起来:

"万臣,还不给我打!这样的烂婆娘,打死不犯忌。给我打呀,打断她的骨头、打烂她下头那个地方!"

温小琼的暴烈性子也上来了,她悍然不顾地转身进了灶屋,舀起一瓢水,就朝郭世贤老汉泼过来:

"滚出去!这是我们的家,这是于家的事,不消你管闲事,你给我滚,快滚!"

一大盆水泼在郭老汉身前,那老汉边起身避让边往外走,嘴里还在骂:"臭婆娘,休了你,让你讨饭去,你还想赖着万臣啊,你个伤风败俗的烂婊子!"

温小琼气恼得脸泛了青,转过身来,又去舀水,于万臣眼疾手快,拦住了她的路,劈手夺过她手中的瓢,嚷道:

"你敢!无法无天了。"

温小琼浑身一震,双膝一屈,"扑通"一声跪倒在地,双手扯住他衣角,痛哭失声地求饶道:"万臣,你骂我打我都成,打死了我都认,我不离婚。我……我错了! 求求你,饶了我、饶了我往常的过失吧! 我不了,我再不做那种腌臜事了! 我性子烈,我要强,我这人从来没向人求过饶。今天我求你了,求你了! 呜呜呜……"

她哭着,张开双臂,一把抱住了于万臣的腰,浑身颤抖着,朝着于万臣深深地勾垂着脑壳。

于万臣久久没吭气。

温小琼"哇"一声大哭起来。

"今天你想到错了,告饶了。原先你为啥不讲? 为啥不认错?"于万臣两条腿一抖,挣开她的搂抱,退后了一步:"听说你出那种丑事,我赶回家来,满指望你会后悔,会认错,会说句痛改前非的话,可你从没对任何人承认过错。你心气硬得很! 你以为我心头好受吗? 男子汉大丈夫,这是朝我心头戳了一刀啊! 你应该晓得,娶你过门,我是喜欢你的。可你呢,你干出了啥?不瞒你说,钱多了,城市妖娆美貌的女人有的是,我也找过她们,可我从没在她们那里得到过快乐,我心头想的还是你……"

"万臣!"温小琼膝行着扑过去,仰起糊满泪水的悔恨的脸,嘶声喊起来,"我对不起你啊!"

"这阵喊出来,迟了!"于万臣又往一边退了两步,冷若冰霜地说,"在你身上、在其他女人身上得不到的,在陈碧华那里,我都得到了。我不能像你一样,蒙哄人,骗人,我得做个堂堂正正的汉子。你自家好好想一想吧,手续早晚是要清的,赖也赖不脱。"

说完,于万臣转过身,朝门口走去。

温小琼伸出双臂想追上去,扑上去,拉住他扯住他把他拽回来,可她怎么也站不直身子,只见他的身影,在门口边一掠不见了,她放声大哭着,整个身子趴倒在地上一阵翻滚,却还是甩不脱那彻骨的悔恨和心灵的痛苦。

4

客厅的门虚掩着,明显地留有一条两指宽的门缝,沈静和她侄儿的谈话,燕慧可以听得清清楚楚。

"这一阵,你来我这里,来得勤多了。"

"我是来探望姑妈的病情。爸爸妈妈来信,让我常来。"

"那上学期,你怎么一两个月才来一回啊?"

"呃……我还不懂事,是爸爸妈妈的信,提醒了我……"

"不要骗我了,学智,你每个星期往我这里跑,是醉翁之意不在酒吧?"

"哪里……"

没听清学智是如何为自己辩解的。隔墙仄耳细听的燕慧,心却"砰咚砰咚"跳得激烈了。不知为啥,沈静脸色严峻地表示要同侄儿谈谈时,燕慧就预感到,这场谈话与自己有关。她不晓得上学期学智一两个月来一次，她只知道，自她进入沈静家之后，他每个星期六都来姑妈家，星期天晚上、有时还是星期一清早才离去。在乡间和刘松青有过恋情，在吴姨家又险遭邹副所长侮辱，受城市民情风俗的耳濡目染，燕慧不是乡旮旯里那种闭塞造就的怯弱女子了，她在成熟，她一眼看得出学智对自己的态度。开头两个星期六，他都是天擦黑近晚饭时分才赶到，沈静还说要等一等他，说不定他要来吃晚饭。那以后他总在周末午后的两三点钟就到了，他晓得姑妈他们离了休的老干部星期六下午仍去过组织生活，他到的时候常是姑妈刚走。而当姑妈回来随口问他时，他总说刚到。燕慧看得出他是为她而来的。除了对自己的相貌形象有一丝满足之外，燕慧没多少欣喜，她已经上过当了，不会因一个大学生瞅上了自己而沾沾自喜。当然，现在她比往常对自己的脸貌更有自信了，她学会了一点城市的衣着打扮，她懂得了一点美的魅力。学智来了,她照常做些随时可以停下来的琐事,她忘不了邹副所长趁她洗菜时下手的教训。见他朝自己走来,她干脆到客厅里坐下,和他隔得远远地相对坐着,两眼时刻留神他的一举一动。为防出意外,她还故意把三居室的房门虚掩着,以便到时可有个借口关门的机会及时脱身。到目前为止,学智还仅是对她含情脉脉地注视,对她摆些大学校园里的趣闻,对她说些逗乐的、引人发笑的话题,话语之中有时虽也含有一点滑头,或是挑逗的意思,燕慧不是装作听不懂,便是抿紧了嘴不吭气,只是双眼瞪大了望着他。有时候他也夸她美,夸她脸貌生得乖,生得逗人,比他那些大学里的女生强多了,但也仅此而已。时间久了,看他还老实,终究是个大学生,将来要做干部的,燕慧逐渐地习惯了他的恭维,习惯了他每个周末的到来,并在内心深处,觉得他同刘松青、邹副所长都不一样。到了星期六早晨,上菜场去购买副食品,不消沈静提醒,她都想得到多买几样菜。

燕慧并没觉得学智有啥过分的地方,却不料沈静犀利的目光,把事儿看穿了。

吴姨初陪燕慧到沈静家来的时候,燕慧看到沈静沉着张病态的脸,满头白发,眼神严峻犀利,真有些怯场。她觉得这位老太太不如吴姨和善好接近。日子久了,她开始晓得,沈静脸貌虽凶,却是菩萨心肠,对她嘘寒问暖,十分关切的。是听学智讲的,也是听附近的街坊和小保姆们传的。沈静虽是个离休老干部,儿女中有的是驻外使节,有的在北京工作,最小的女儿出国留学,但她的晚年却很不幸。老伴另有新欢后,与她离了婚,娶了一位三十出头的大学教师。她孤独无依地居住在这里外三间陈设简陋朴素的房子里,只有学智这么个侄儿,隔开一段日子来看望她一回。却也没多少话讲,都只是因她太严厉了一些,让小辈人不好亲近。

沈静的声音又从客厅里传出来了,比刚开

158

始还要冷冰冰的，甚至还带了点火气，在燕慧记忆中，她从没用这样的口吻对待过自己："你该知道，我有心脏病。我不想因为你的卑劣行径，惹得我一气之下去见马克思。"

"姑妈，我真的没做啥……"

"我晓得，全晓得。你有这样的心思，有吗？不要瞒我。依我看来，不讲你道德败坏，至少也是生活不严肃，对你自己的对象不忠，你不是说你和对象感情很好吗？你不是说大学毕业就要同她结婚吗？我都记着呢。你现在却每个星期来我这里，向燕慧姑娘献殷勤，你想干什么……"

燕慧再也听不下去，她拼命抑制着自己波动的情绪，蹑手蹑脚踅回属于她的那间小屋，合上门，扑倒在床上，蒙上被窝，呜呜地哭泣起来。作为姑娘，作为时觉春情萌动的少女，她是渴望恋情，渴望生活中出现一个可以依赖的男子的。虽说她不敢对学智寄予什么奢望，但她充满幻想的心灵中是有过种种梦一般的憧憬的，是有过种种说不清道不明的向往的。她不是觉得学智文质彬彬吗？她不是愿意看见他在自己身旁吗？她不是暗中觉得他比刘松青、比邹副所长都强都好吗？噢，不是沈静道出这些真相，她绝没想到学智已有了女友，而且几乎定下了终身大事。燕慧嘤嘤地啜泣着，为自己险些又一次上当失悔痛哭，为自己终究仍是单纯而吃惊。她不懂，这些男人为啥一回又一回要欺骗她，是瞅着她如花似玉的相貌？不，不是！刘松青说甩了她就甩了她，邹副所长更是不怀好意地试图玩弄她。燕慧又一次无奈地想到了自己低贱的地位，莫非就因为她地位低下就该遭人欺骗玩弄？难道她就永生永世没个出头之日？

　　也不晓得过了多久，听到门响床边有动静时，燕慧从被窝里拱出乌发蓬乱的脑壳，头一眼看到窗户上晦暗一片，已是薄暮时分，定睛望去沈静坐在床沿上，她赶紧坐起来，想下床去准备

160

晚饭。床边柜上的圆镜在她眼前一晃,她见自己一双哭得红肿的眼睛,马上把脸转开了。沈静伸手阻止了她,一字一顿地说:"话,你大约是听见了,听见了就好。那个不争气的,给我赶走了。过一阵子,他可能还是要来的,说不定还会缠你。唉,哪个喊你有这张俏丽的脸呢?我和你讲,就一句话,他若再来,你是同他一刀两断呢,还是给我回乡下去?你现在就得回答我。"

"一……一刀两断……"燕慧想都没想,抹着泪水,脱口就道。

"那就好,姑娘,我还是留下你。"沈静的语气放缓和了,"不要怪我狠心,燕慧,一个姑娘招人爱,本是让人喜欢的事。可你……你不同,你受过一回骗,我不能眼看你再受二回骗。你来自偏远的乡下,那里的温饱问题,都还没解决。你的出路,只有一条,就是读书。你不是说,在乡间你是最爱读书的嘛?读吧,我让你进家门,没好多事要你做。只因为我有心脏病,发作时怕没人吆喝,才决定找个人。我们相依为命,一道来学。"

沈静老太太的话,让燕慧震惊,让燕慧感动,原来她早晓得一点自己的事,原来她一心在替燕慧着想。燕慧心头涌起一阵温暖,她扑向沈静的怀抱,"哇"一声边哭边说:"我听你的,全听你的……"

第 六 章

1

为盖二层楼房上大梁燃放的爆竹硝烟味,还没完全在落月坪上空弥散;于万臣和温小琼终于清了离婚手续而兴奋欢悦的陈碧华,直到夜深人静,心情也还平静不下来。

似乎是能触摸得到的巨大的幸福,那么迫近地来临了。

这是她自找的。

为追寻这幸福,她跌过跟斗,陷入过泥坑几

乎不能自拔。可以说,从产生借曹云春怀个崽的念头那一瞬间起,她的心情就是惶惑的。当她如愿以偿地腆起大肚子的时候,她曾经有过一阵满足和欢喜,却没料到,恰是这费尽心机、不顾廉耻地怀上的娃娃,给她带来了灾难,而如今,她决心把自己的命运和于万臣紧紧拴在一起的时候,她大胆地作出这一抉择的时候,她的心情是踏实的。那天夜里,她主动地邀于万臣来屋头倾心相谈,她主动地把自己的身心奉献给于万臣并得到回应的时候,她的心头涌起的是忘形的狂喜。

她找着了一个靠得住的男人。

是久没挨近男人的身躯了,是于万臣早就以他的意志和勇气征服了她,是他出乎意料地体贴温存,陈碧华在于万臣那里感受到了从未有过的幸福。杨光宗只把她当作泄欲的工具,曹云春欣赏笼中的雀儿般逗弄她、玩弄她,虽然同是轻手轻脚,同是露着笑脸,但陈碧华当初只

163

抱着怀个崴的目的去迎合他。而于万臣不同，不仅她全身心地爱他，他也同样地关心她，无微不至地爱着她。他们俩都有一种斩断过去，重新开拓未来的愿望，他们俩都怀着珍惜的心情对待重新萌生的爱。是呵，爱的尝试阶段是早已逝去了，他们幸运的是找到了爱的钥匙，终于窥探到了在偏僻乡间的男女间很难领略的爱的色彩。

那难忘的和于万臣度过的头一个夜晚陈碧华在神驰心荡的时刻情不自禁欢叫了。她渴望着他再来，她盼望着夜夜躺在他的怀抱里安然进入梦乡。可是于万臣不再来了，他说在同温小琼办清离婚手续之前，他不能和她保持这种不清不白的关系，事情在乡间传开去，反而会给离婚节外生枝地生出些事来。明知于万臣说的是对的，但陈碧华仍然感到忧心，她悬着颗心苦苦等待着事情的结果。她更怕温小琼像一些女人那样采取"拖死他"的态度，她也怕于万臣等不及又遭那些如花似玉的姑娘引诱。

她心中的石头终于落了地。温小琼大约看到事情确实无望了,答应离婚,提出一个条件,在她重新嫁人之前,她仍然住在溪流边蒿竹林旁的砖瓦小屋里,要不她没去处。娘家人不愿收留她,她也不能一面同于万臣离婚,一面就找第二个男人。于万臣只求她在离婚书上按下手印,答应了她。村寨上郭世贤老汉为首的一帮子人,都说于万臣心太善了,便宜了这婊子婆娘。陈碧华倒不在乎这一小幢房子,她现今住着的,不也是杨光宗的屋嘛!杨光宗都能办到的事,于万臣还能没这气魄?她不仅赞成还让温小琼在砖瓦小屋内住下去,她心头还为温小琼的通情达理暗暗有些感激。

于万臣得到了离婚证书,四上四下八大间的二层楼房上了梁,陈碧华心头溢满了欢喜不尽之情。万臣买了满满一挑爆竹来燃放,"劈劈啪啪"的声响,在落月坪足足响了一顿饭时辰。

青岗石铺就的寨路上,坝墙上,各家各户院坝里,都雪花般洒落了不少爆竹炸开的纸卷儿。

擦黑前喝上梁酒之前,陈碧华绯红的脸目不转睛地盯着万臣,她在大哥万功家灶屋里帮忙,大嫂转身走出去的时候,她逮着了一个机会,扯住来厨房转的万臣衣袖,悄悄说了声:"少喝点。"

"误不了事。"万臣红光满面,一脸的喜气,"咋个啦?"

陈碧华瞟他一眼:"我还替你留着贺喜的酒哩。"

他眨眨眼睛,好像是明白了:"好、好! 我去喝,去喝。"

"忙完了就来啊!"

"要得。"

月上中天的时候他才来。是冬月的夜晚,山乡已有了逼人的凉意。陈碧华在屋头,烧了一盆炭火,添了好几回新炭了,几间屋子都弥漫

166

着浓烈的炭火气息。睡梦中的娃崽呛得咳了好几次。她在炭火边备了一小桌丰盛的菜肴,黄的是炒鸡蛋,油亮的是回锅肉,红的是辣子鸡,白的是粉丝汤。可于万臣进屋时,瞧了瞧抱歉地一笑,说再也吃不下了,寨邻乡亲们灌得他太多。

陈碧华没有勉强他,只是说:"那你也得喝一盅。"

说着她斟出两小盅董酒。那是她听说温小琼按下了手印,到麻栗街商店花高价买的。

他爽快地和她碰了杯,一饮而尽。她不会喝,却也凭着一股亢奋之情,硬把酒灌了下去。浓郁甘爽的酒力很快在她全身弥散,并迅疾地上了脸。

万臣目不转睛瞅着她,由衷地说:"看哪,两朵桃花上了脸,你好漂亮呀!"

陈碧华羞涩地笑了,不敢朝他望一眼,只是拿纱罩盖了一桌的菜,拿盆捂了炭火,"卟"一声吹熄油灯,轻柔地说:"脑壳好晕,去睡吧。"

她期待这一时刻,期待得心都焦了。

万臣哪里像个出力的汉子,他比绣花描云的女人还细致、还温柔。当他那双粗糙坚实的大手抚慰她的时候,陈碧华只觉得眼前飘起了朵朵浮云,像羽毛在升腾,似雾纱在晃悠,如水波在轻盈地荡漾。一阵一阵舒适和欢悦潮汐般涌上来,缓缓地退下去,又更汹涌地漫过来,再徐徐地落下去。陈碧华尽情地舒展着四肢和躯体,她早已不觉得自己是在床上,而像是在腾云驾雾,在云霞般铺展到岭巅天边的菜花田里翻腾……当那无限快活和心颤的一刻过去以后,她紧紧地搂过于万臣来,娇喘吁吁百思不得其解地说了一句早就憋在心底的话:

"我真不懂,万臣,你这么好的男人,温小琼咋会故意支你出去,偏要找那瘦骨郎筋没出息的侯道州?"

屋里静寂下来。万臣翻了个身,竹笆床"吱

168

嘎嘎"响起来,陈碧华有点紧张,有点惶惑,她怕自己讲错了话,惹得万臣心存不悦。她伸手摸了一下他裸露的坚实的肩膀,他讷讷地说了一句:"我从来没有这样对待过她。"

2

像风箱中的耗子样悬颗心过着日子的李志荣,以为自己一直要这样提心吊胆地过下去。

事情结束得如此干脆利索,连他自己似乎都不敢相信。

但那又确是真实的。

星期天,伙食堂照例地清闲得没多少事,他回进空落落的屋头,秀琪又抱着娃娃出门去了,说是去外头逛街看橱窗,李志荣却晓得,她多半又去姐姐家了。星期六星期天,她就爱去姐姐家过。李志荣却不喜欢去秀琪的姐姐家,他是见不得秀琪的姐夫,那位处长总是用挑剔的乜斜的目光瞅人,李志荣每回见他的目光落在身上时，就浑身不自在，好像衣服上爬着一条毛毛虫般不舒服。往常，他会安于这种清静，轻松自在地歪在铺上，睡一个午觉。近来他开始觉察到一点隐隐的不安，秀琪去姐姐家去得很勤，而对他却一天比一天冷漠。夜里他想喜欢她，同她亲热亲热，她不是拿背脊拱得高高地对着他，就是借口娃娃要被闹醒，或是怕再怀上孩子而拒绝他。一次两次李志荣以为这是城市婆娘撒性子，回数多了他就起了疑心。她胃口好吃得下，夜里睡得酣熟，身体没丁点不适。况且婚前和初结婚时，她是怎样缠他的，让他记忆犹深，久久不忘。近来是咋个回事呢？他百思不得其解，心底里总想闹个水落石出，只是不晓得该如何着手。

在铺上躺下来，猜疑心又来骚扰他，他睡不着，忖度着不如也到秀琪姐家里去看个动静，好在他是很久没去了。星期天，人又多，不怕她姐夫那刺人的目光。

秀琪姐的家离文联并不远,横穿过两条马路拐一个小弯就到。

那是四居室一套的房间,就在六层楼房的底层。处长有办法,挨着院墙的前门口搭出一间偏舍,便又多出一间屋来。李志荣走到门前来,本以为自会听到屋里传出的欢声笑语,仄耳倾听,室内鸦雀无声。城市人爱睡午觉,李志荣怕敲门惊动了人家的瞌睡,干脆转到后窗台来,想窥视个究竟。后窗外处长搭出一个小院,栽着一些花草,挨墙放置着一排花盆。气窗上伸出一根烟管,正冒出缕缕热气。花布窗帘拉上了,这证明处长家确乎进入了午睡状态,只因为烟管碍事,窗帘逮得不是很紧,李志荣就在要转身离去的当儿,似听见了屋头有啥逗笑声,他决定去窗口张望一眼就走。

从一窄条没遮严的窗户里望进去,李志荣傻了眼。

秀琪和她姐夫并肩亲昵地坐在床沿上,姐

夫一手夹支烟，另一只手无所顾忌地搂着秀琪。秀琪正在逗着开始牙牙学语的娃娃："喊爹呀，喊爹呀，这才是你真正的爹呢！"

声音是从伸出烟管的气窗里传出来的，轻柔而又亲热，秀琪的手指，还指向眯眯含笑的姐夫。

姐夫徐徐地吐出一口烟圈，俯下脸去，李志荣以为他要去亲娃儿，不料他脸一转，扔掉烟蒂捧起秀琪的脸来就吻。

秀琪避让着，撅起嘴："我怕姐姐他们回家来。"

"怕啥！他们都去看电影了，上下集，三点多钟才回来呢。"姐夫说着又贪婪地去吻秀琪。

秀琪惊喊着："慢点，慢点，让我把娃儿放摇篮里去……"

她把娃儿放进了摇篮，娃儿啼哭起来，哭声又嫩又清朗，她像没听见似的，倒进姐夫的怀里，两人相搂相拥着穿进隔壁房间，"砰"一声关上了门。

李志荣的血液仿佛全在这一瞬间冲上了脑壳，他的神经在"别别剥剥"乱跳，眼睛瞪得大大的，两条腿却在颤抖。他全看见了他什么都明白了，他想砸玻璃窗，他想冲到前头去破门而入。他想和姐夫那狗日的处长拼一架……但他什么都没做，他连在窗台边也不敢多站，怕人家说他是小偷。大约正是城市教会了他冷静和克制，他决定装作啥也不晓得地回伙食堂保管房去，耐心地等着秀琪回来。回来之后，晚上就是今天晚上，他要用落月坪乡间的办法，打得她把一切情形老老实实讲出来，讲个一清二白。他逮住了她的辫子再作打算。他所以不想也不敢把事儿闹大，是怕他在乡间还有婆娘和娃娃的实情露了馅。

不能说他的考虑不是奸猾的。但他的脑壳里头已是"嗡嗡嗡"一片轰响，全乱了。走回去的时候，这几年里已经熟悉的城市的街道和楼房,在他眼里全变了样子。他思念起落月坪的崔玉昆和小羊羊了。

3

婚是离了,于万臣也并没凶狠地逼得她无路可去,走绝路。可离婚婆娘落寞、凄清的滋味,温小琼是尝够了。

白天还好,她可以强作精神不停地干活路,用苦重累人的农家活路来让自己麻木,来躲避男女老少嫌弃的目光。她现今体会到了,自她出丑事以来,于万臣虽然没像乡间惯常的男子汉那样狠捶她,虽然没碰过她一个指头,但给她的惩罚,实在要比打骂一顿厉害得多,长久得多。

天一黑下来,那难耐的时光又来了。冬腊月间吼啸的风摇曳着落尽枯叶的蒿竹林,那声气出奇地悲凉。溪流的水淌得愈发轻了,总让人觉得仿佛是哪个丧妇在呜咽。油灯忽明忽灭的光焰腾跃着、闪烁着，温小琼可以久久地伴着孤灯，呆滞滞坐着。这灯影仿佛照耀着于万臣新盖的二层楼房，这灯影里时常映照出于万臣和陈碧华欢喜不尽的笑脸。不用这灯，温小琼也能强烈地感觉得着他们的存在。直到这时，她才意识到，她始终在寻找在盼望的真正的男子汉，被她从身边放走了。听说，于万臣还要用赚来的钱，给落月坪安装发电机，让家家户户到了夜间点上电灯。那时候，不仅在白天一眼就能看到他那幢高高耸起的二层楼房，就是到了夜里，一抬起头来也能看到那窗户的灯光了。

温小琼的心里，布满了一片苦涩酸辛的滋味儿。

她在落月坪度日如年。

她喂了一条狗，说是看家护院排泄一点寂寞，心底深处却是怕团转村寨上的烂崽、喝得醉醺醺的酒鬼摸黑来纠缠。他们都以为她是个破鞋、浪荡女人。其实她不是她只是对当初的于万臣觉得不满足觉得婚姻还该有更多的欢悦啊！可如今有谁来相信她呢，她的名声已经坏了，即使她朝着满寨男女老少拼命辩白嘶喊，得到的最多也只是奚落、讥诮和放肆的嘲笑罢了。有好几次，她都上床睡了，听到男人的手在拍着门板，听到男人压低了的嗓音在后门口唤着她的名字。她都不认识这些人啊！他们这样坏，咋又没人惩罚他们呢？

她喂了一条健壮敏捷的黑毛狗，那毛色乌光亮吠声宏大。喂养它的时候她有意无意地训练它狂吠着扑向男人。白天院坝门口有男人走过，她就低低地吆喝着："耍噢——耍噢——"黑毛狗灵极了，一阵狂吠就会箭一般扑到院坝门口去。每当这时候她就喂它点好吃的。

有两个夜间来缠她的家伙冷不防遭它咬以后，温小琼屋头清静多了。夜里也不像初碰上这类事的时候那么惶惶不安了。

这是一个飘洒凌毛毛雨的黑夜。落月坪村

寨上，一多半的灯火已悄然熄灭，温小琼也早早吹了灯，却是睡不着。白天本就没多少活，身子不觉疲乏，晚夕也就没啥困倦。歪倚在被窝上，她在静心思忖着自己往后咋个办。拖下去终究是不成的，她还是要嫁人，可是嫁个什么样的男人呢？名声坏了又有哪个男人愿娶她呢？想起这事她心头就烦乱，就暗暗滋生一股莫名的怨恨……

"小琼，小琼！"陡地，她听到一个熟悉的嗓门在唤着。

"哪个？"她惊觉地站了起来，脱口问了一声。声气太熟了，她几乎来不及反应过来。话问出了口，她才明确意识到，这是侯道州。他来干啥？不是听说，他明年春天要娶亲了吗！沾了于万臣的光，他卖矿石得了不少钱。

脚步声也是熟悉的，踢踢踏踏响到门口边来了："开门呀，外头好冷。为到你这里来，给你暖暖被窝，我摔落在沟水里，一条腿糊满了稀泥巴。"

温小琼的头皮阵阵发麻。她机械地迎到门边来了，呼吸随之急促得如喘息一般。只消她一拉门闩，他就会扑进来。她就能得着一时的欢悦，她就能得着暂时的忘却，她已有好久没偎依在男人的臂膀里了。可是天亮之后呢？他像条狗似地悄悄走了，她又算个啥呢？她的胸脯在起伏，惶惑得泪水直往上涌。她的四肢冰冷，心怦怦怦一阵跳。

"开门呀！"侯道州又在催了，"你咋不点个灯，摸不着吗？"

看他多自在，就好像回他的家！一股火直冲小琼的脑门，她朝窗户走去。"汪汪汪"一阵狗咬，温小琼明白，黑毛狗扑上去了，它不像一般的狗，光是吠得凶，不咬人。它是一阵狂吠必然要咬人。她"嘭"一声捅开窗户，尖厉地吆喝着："耍噢——耍噢，咬他！给我狠狠地咬他！耍噢——！"

黑毛狗扑腾声中,传来侯道州一声比一声恐惧的哀叫和扑爬翻滚声。

　　温小琼关严了窗户,扑回自己床头,倒在床上嘤嘤地哭开了。

4

　　这是两年后的夏末秋初,早稻的谷米黄熟了,醉人的香味随着谷穗轻摇慢晃飘了来,有娃崽在举起长长的竹竿驱赶麻雀,清朗的童声在山野田坝间传得很远很远。一群群麻雀飞起来又往另一侧扑去,发出拍翅时的空响。

　　哦,这景象在燕慧姑娘眼里是多么熟悉多么亲切呵。她伫立在坝墙边眺望着,脑海里浮现出一句古老的俗谚:山坡是主人是客。何曾不是这样呢? 她离开这里快三年了,落月坪团转景色依旧,乡情依旧,山岭田坝坡土林木依旧,石板寨路溪流坝墙依旧。唯有人在变,娃崽长高了,老汉伯妈们的皱纹添深了,中年人蓄起了胡子,婶娘的嗓音带了点沙哑,村寨上又有了几张陌生脸庞的新媳妇,怀里抱着出生不久的婴儿……燕慧总觉得别有一番滋味在心头。

这一次,她是考上了城市里的粮校,回家来看看的。小住几日,她就得到学校去报到,开始另外一种对她来说有些新鲜有些神秘的生活,正像沈静说的,那虽是中专,读出来,会在粮食部门安排一个工作,就是说彻底地脱离山乡脱离落月坪了。在落月坪的男女老少们看来,她已经是寨子的客人,是个城市人了。和她相处时的言谈举止,也有了几分距离。唯有她心头明白,为考取这个学校,沈静给了她多大的帮助,老太太鼓励她勤奋刻苦地复习,还为她买了补习的课本和资料,为她的入学,沈静是尽心尽力地做了好些事的。对燕慧来说,更主要的,还是沈静在她困惑茫然不知所以的人生阶段,及时地给她点拨了方向。

她是那么迫不及待地返归乡间来,要把自

己的变化告诉父母亲人,告之寨邻乡亲。谁知回来住了两天,连她都觉得,她是这里的客人了。虽说众人都在为她高兴,朝她微笑,不少姑娘还露出羡慕的眼神,但她明显地感觉到大伙儿表面浮泛的热情深处,有着股隐隐的说不清道不明的冷漠。不是吗?她的心灵深处对山寨上正在发生的一切,也是持的局外人的态度。和杨光宗离了婚的陈碧华,带着娃娃嫁给了卖矿石发大财的于万臣,她又生下了一个娃娃,一家人居住在落月坪最堂皇最气派的二层楼房里,只要小汽车的喇叭一响,大家就晓得,矿老板于万臣回家来了或是又将出门了。至于于万臣原先那个婆娘温小琼,听说是嫁到很远很远的地方去了,有人说她这回嫁的是个街上开杂货铺子的,钱虽说没于万臣多,比起落月坪上的汉子来,还是富裕户;又有人说那是个赌鬼,一天到晚只晓得赌。但谁也无法证明,她嫁得确实太远了。燕慧还在寨路上,碰见过当年的负心郎刘松青，而且不止碰见一回，他每回不是在挑水，就是割回一大担垫圈的草。远远地看见燕慧，他倒不回避，只是垂下眼睑来，像数地上蚂蚁般垂着脑壳，大步生风地匆匆走过去。燕慧几次都停下来，两眼睁得大大地愕然瞅着他，他额头上起了皱纹，胡子拉碴的，脸又黑又瘦，看上去比她老好几岁。几次燕慧都忍不住扪心自问，难道这个穿得又脏又破、浑身散发出汗臭气息的男人，当初真是她满心牵挂的恋人？她曾为他伤心为他的行为忿恨？

燕慧往深处一想就不寒而栗。

她在落月坪没多少事情，莫说上坡下田了，就是灶屋那点家务事，父母都不要她做。思来想去，她决定还是提前回去，回城市。那里沈静需要她，趁开学前，她要好好地陪伴这个孤独、好心而又严厉的恩人。在回去之前，她只有一件事要做，那就是去崔玉昆的家里探望一下。对懦弱羞怯的崔玉昆，她一直怀有股歉疚心理。

当初她明知李志荣在城市又裹上了女人，但为了不想得罪李志荣，她没把实情告诉崔玉昆。自从在吴姨家帮佣以后，直至转到沈静那里，她始终不曾再去找过李志荣。一想到站在李志荣旁边的那个胖大肚子的女人，她就恶心得想吐。

这回在城里接到录取通知书，她太兴奋了。想着李志荣当初对她有过的帮助，她克服了厌恶情绪，跑去伙食堂找他。哪料到人们告诉她：李志荣早同处长的妹子离了婚，怀揣几年来赚的钱，回乡下去了。燕慧回到山寨以后，始终不曾碰见他，只是在寨路上，和崔玉昆照过两次面，人多嘴杂，没多说上话。

要走了，这回走以后怕更难回归落月坪，燕慧决定去玉昆家看看。

不巧，李志荣仍不在家，崔玉昆一边在院坝里穿晒叶子烟，一边告诉燕慧，这死男人现在专帮于万臣跑运输，钱也赚得不少，只是三五天才回一趟家。他忙。

"瞧,这幢房子,就是他忙出来的。"说着,玉昆指指一幢新盖的砖瓦房。燕慧在城市见惯了高楼大厦,经玉昆指点,才想起他们家原来住的是茅草房。玉昆的脸上显出一丝满足:"坐啊,妹子,你是稀客,同城市人没啥差别了。还记得那年过马路时警察吼我们吗? 我替你倒水。"

　　燕慧在新砌砖瓦房的板凳上坐下,门"吱呀"一声响,走出个六七岁的小姑娘,脸貌活像李志荣,好漂亮。她用诧异的目光瞪着燕慧,燕慧朝她招手:"小羊羊……"

　　小羊羊怕生,反而往后退,把一只手指含在嘴里。

　　"没出息,快喊阿姨啊!"崔玉昆倒了水出来喝斥了女儿一声,双手恭敬地递上一杯茶水,"吃七岁的饭了,该发蒙了。我跟她说,开学就去读书。读出来了,像你,不要像我……"

　　崔玉昆的话音低弱下去,没讲完,燕慧已经明了她的意思,挨近了坐下,燕慧看到她老多

了,眉宇间明显地郁积着愁闷和忧思。燕慧跟着她叹了口气,抬头再看小羊羊,娃儿钻回屋头去了。燕慧心突突跳,怯生生地问:

"嫂子,志荣哥在城市的事,你听说了吗?"

"嗬!你也听说了呀,燕慧我跟你讲,那回我们去找他,全遭了他的骗。我让他蒙哄得脑壳也晕了,又是进馆子又是逛公园,还塞我一大把钱。哪晓得他在外头贪嘴猫找野食,裹上了城里女人,那阵正热乎呢!"崔玉昆像在讲外人的事,"还是万臣兄弟替我打听来的。"

"后来,他咋个回来了?"燕慧忍不住问。

"嗨,"崔玉昆嘴角透出讥讽的笑,"闹半天他也是受了骗。那女人同她姐夫早缠上了,打过两次胎,第三次怀上后,医生说再打胎这辈子莫想生了,这女人就想找个垫背的,你想想城市女人要缠个乡巴佬,李志荣这龟儿子还能不上钩?"

"发现上当,他离开那女人回来了。"燕慧暗暗惊讶崔玉昆的麻木和宽容,"你也就接受了他?"

"他回来前我正想进城市去找、去告,进了家门他就朝我跪下了,鼻涕眼泪流了一脸,还抽打自己嘴巴,求我饶了他。哼,他还能跑哪儿去?"

"你的心真好,嫂子。"

"不好又咋个做?"崔玉昆反问一句,眼里噙满了泪,语气里透出凄清和悲凉,"我和小羊羊孤儿寡母的,靠哪个去? 又咋能盖起这几大间的砖瓦房?"说着她回了一下头。

燕慧的泪也涌了上来,泪光中,一切在她眼前都模糊了。是呵,她是由于偶然的机会,走出了落月坪。而好些她的姐妹,好些崔玉昆一样辛苦善良贫穷的妇女,又该怎样走她们人生的路呢?

燕慧一时间还找不着答案。

但是她衷心地祈祷着能找到。

186